# 青

台方青 著

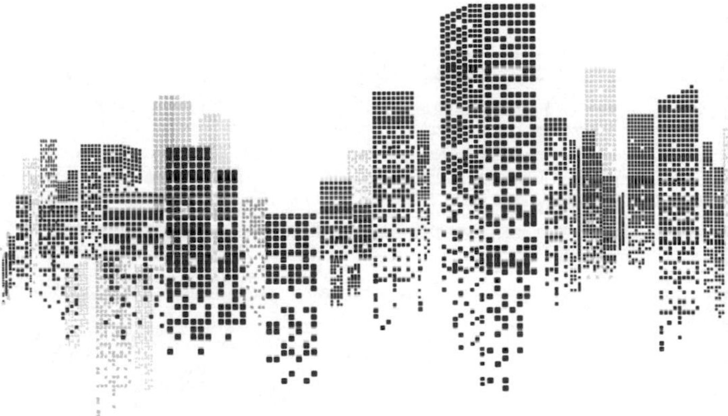

來者如今　七

後生可畏　一一九

焉知之不　二六九

也　四二六

來者如今

# 緣

兩條染色體彼此交叉盤旋，相互反應作用，成了一顆完整的細胞。這枚細胞不停繁殖、分化，成了我們現在的模樣。

人們驚歎在顯微鏡下的自己：從細胞，到每一片組織，每一個器官，每一寸皮毛，都是主，或是生命最偉大的造化；兩個人愛的結晶創造出這樣一個又一個精美的藝術品，現代科學也為我們一一地揭示。人們在這份慰藉中忘卻自己的失措與狼狽，在煎熬中證明著自己的存在，在困苦中尋找無窮的勇氣：去觸摸身體的起伏，去感受呼吸的盈缺，去體會血流的緩急。

但沒有人知道為什麼，是怎樣和其他人一樣平凡的兩個個體，能夠孕育出最具時代意義且亙古不衰的思想和行動的孩子——就好像命中註定，那擁有對人類最為珍貴貢獻的意識和作為的人——這樣的結果多久來一次，它了不起到如何，又將如何綻放，進而怎樣引領和照亮這整個世界。

# 總角

後生可畏，焉知來者之不如今也？

於此，正式地寫起了自傳。欣喜萬分，但這第一次不免有那麼些地難為情，大抵邊活著，邊以為自己作傳為由，實際上卻是寫日記的，也就只我一人吧。

把自己的人生細緻地記錄下來，並非不是一件好事，這種想法早在孩童時期就已經打起——縱使在未來的眼中，現在的我依舊算是個孩子。上小學時，語文老師要求每天都要寫日記，每週五還要上繳檢查。自認為是防範隱私地，不過是淪為了流水帳，就或是套用那些已經濫到頭的劇情，敷衍了事。

到了九歲將盡，突然意識到，我這麼優秀的人不趕緊趁機記點人生中的千思萬緒，天真的想法與懵懂的憧憬，等將來紅火時大撈一筆，豈不是吃虧呢？就好像我們每個人都應當多去傾聽別人的意見，認真地記錄下來，之後揍一揍這些對你有意見的人一樣——畢竟「君子報仇，十年不晚」。於是便打算到滿十歲那天開始，記錄下所有對我有意見的人的名字，和每天所發生的每一件事。

我常買些又大又厚，或精緻的，或帶鎖的，總之那個時代令所有人愛不釋手的符合一切審美卻又不乏男子氣概的本子，作為新歷程的記載；為了延續這種儀式，那年我也又破費買了一本新的。只可惜後來，它們不是又變成了草稿紙，就是不翼而飛，唯一有價值的便是記錄下了今天見到了喜歡的人幾次，她穿了什麼、做了什麼又吃了什麼——反倒是為別人作了傳，理由也變成了有朝一日能說出：「瞧，當初我為了追求妳，這麼關注和關心妳呢。」智慧手機普及以後，偶爾也會去記錄一天內發生的事情，激揚文字，但事後回憶起來，卻又為它的清澀而自嘲，刪除後才發現，一張照片反而比一篇遊記更能滿足我。

話說回來，如果我以後紅火不了，那我現在寫這玩意兒又何用之有呢？——這完全就是無稽之談，我必將成為一個偉人。

我當然知道偉人要經歷很多的挫折和磨難——我確實經歷了很多，所以也當然要把它們記錄下來。但，就算我成為一個偉人，我自己，抑或是又一次的半途而廢，把給我作傳的機會讓給了別人，讓別人來替我尋憶兒時的經歷，那又怎樣呢？也許我將來會成為一名警察，在災難面前為人民獻身；或許我是一名醫生，為百姓解脫疾病的苦痛；又或許我成為了國家領袖，讓民族屹立在人類之巔；更甚我是一名太空人，為人類開闢嶄新的天地——但，於此我伏案作文，又有什麼意義呢？

我的意思是，真正偉大的人，他的人生必定是不凡——且不平——的，因此對於從前的遭遇我也是無所謂其然了，這畢竟是我成為偉人的重要保障。但到目前為止，我的人生卻和其他同齡孩子一般，稱其幸福亦不算是，謂其悲慘也不至於，僅需寥寥幾字就能把我的過去概括得完完整整；而就算是心中有千萬般想要喻之於言的，也無法多做感慨了。

我的父親是ㄩ省省委書記，於工作中秉持正義，不免得罪了一些人。應酬，加上工作的壓力，有極大的煙癮，爾後被查出了肺癌，便自暴自棄；賭博，被仇人放了老千，欠下了千餘萬的債款，不僅受了黨紀政紀處分，卻還是在償還了全部後招來了打手，以討債為由，將其毆打。兩年前的那天夜晚，父親便再也沒有回來。

我的母親是ㄩ大教授，ㄐ黨的骨幹菁英，在心理學方面的研究可謂是國級的領軍人物。可精通心理的她，卻沒法梳理自己的情感，傷痛不已，疾病也紛至還來，倚著價格高昂的醫療設備，不至垂死於醫院。

寵物犬喜樂，金毛，在某日母親帶牠散步時被稽查隊給打死了，但很明顯地，牠具備所有不應因疫情而被「控制」的理由與證據。

那晚我聞訊，睡倒在牠的窩裡——牠在三年前來到我家，卻早已是我最好的玩伴——嗅著牠作為牲畜的腥臭和沐浴後留下的芳香，我卻在昨天因為牠把我的書給撕咬壞了而第一次不是示意性地打牠。所有以往和牠的相擁，趁爸媽不注意時把牠抱到自己的床上睡覺，學牠的模樣，和牠一起搶飯碗裡的東西吃，種種情景都浮現到了眼前；而如今就算再是思念，也不敢去承認牠回不來了。我不忍心任何人打牠，無論是牠小還不懂事時父母的教訓，或是任何情況，我都不能容許；牠如我的手足，如我的家人一般重要。我不敢想像母親當時的心情——每次想起，就重現出母親帶回喜樂已經清洗乾淨遺體時的畫面。

是人，抑或是寵物，所愛都會離去。誰都曾豪言壯志地宣稱並強迫自己在他們離開時不會表現得太過悲傷；以為自己不會再因見不到他們而哭泣時，每每想起這句話，卻又起眷戀，就越是想起和父親和喜樂的種種——和父親一起踢球、被父親打、生病時父親的陪伴、父親的菜，或是喜樂第一次來到家時舔我的腳心、尿在床上、吃飯時的吧嗒嘴——他們的模樣、聲音，成就與經歷，和有情感的動作及有溫度的肉體……淚便從心底裡湧了出來。我本以為自己又想到這些時不會再撕心裂肺，但淚水卻永遠在拆穿我的謊言；狠狠咬住自己的手臂以至鮮血流出，奮力敲打牆壁以至淤青泛起，希望用身體的苦楚壓抑內心的疼痛，潛意識卻讓自己開始嚎叫，以為撕裂嗓子就能挽回、止住這種情感，但卻不可能：是他與牠死了，是他與牠從不在這個世界上一樣。

以及，她。

生活本可以就這樣敷衍地重回正軌，但父親和喜樂的雙雙離去，讓母親再度置身崩潰的絕境；「家有他們的味道」成為她的理由，「寧可死在家裡，也不願留在醫院」。一日她出門，心臟病突發，猝倒在街道上——不是無情的人們不去救她，而是就算有人在那時伸出援手，也不會如摯愛一般有力，將她拉扯回來。——這是一年前。

我仍記得學前時和夥伴們外出玩耍時的情景：那時我的腦海裡突然蹦出電視機裡孩子們結伴滑著滑梯，那滿是開心的面容與無拘的笑聲；我突然想到我終將死去，在這人間所享受的一切苦樂都將煙消雲散於我無益時，也便失了趣味，掃了友人的興——我們終將要離去吧，為什麼他們卻能愚蠢地忘記這些東西而去享樂呢？或許這時，你會說我只是在自怨自艾沒有一個平順且快樂的童年而變得黑暗罷了，可我卻能比別人更加無情無義，更善於苟且偷生，在這樣的思想辯駁下竊得精神的快感——正如我不知道我是否將成為一個偉人，可我卻知道我平平淡淡又或是絢麗多彩的一生，我死後也永遠不能帶走它們。我不知活著的意義是什麼，不知我為這個世界所作出的貢獻能存留得了幾時，不知我所為人們作出的這偉大的貢獻會不會僅僅是我的自以為，不知它最後是否卻被人們無情地批判。——可我不是死去了嗎？他們又與我有何瓜葛！連在死後，以最惡毒的攻擊都無濟於事，當所有人死去了，那這個世界和以往的我們又有什麼牽掛，我們又何苦為我們所為呢？

到此，你們又會說，我用了很大的篇幅去傾訴我的悲傷，但很大程度上僅僅是針對喜樂的，並嘲諷我道：「牠不過是一條狗罷了！生養你的父母，你卻只提了寥寥數字！」——每個人都不斷標榜著自己的偉大，卻不曾發覺自己不過是宇宙中渺小的一物。人們熱衷於探索宇宙，想要無限佐證神明的存在與不存在，想要探尋時空的起源、世界的誕生，來支撐起他們荒誕的教條主義：他們覺得這偉大在告訴人們他們是怎麼被創造和孕育的；也有人熱衷於挖掘細微，想要用粒子或波場來傳播自己的立場是註定正確的訊息，以得到百姓的支持、萬家的忠心：他們覺得這偉大在告訴人們世界是怎麼存在和運轉的。但儘管這樣，在人們皆大歡喜時，被屠殺的也不僅僅是自然——牠們除了生命，連尊嚴也因眾人們宣傳的所謂普世價值而被糟蹋得慘不忍睹。

人們總希望成為神一般的救世主——他們出賣著自己的靈魂，以良心為抵押，好換取僅屬於自己的名利與權貴，用荒誕不經的言論灌輸給別人以他們獨有且「毫無偏頗」的價值觀，好讓人們承認與支持他們的立場，好讓所有人都為他們所用。他們用信仰來限制人們的言行舉止，借助宗法、道德和教條的說辭讓人們向著他們的理想而自我改造，讓人們自以為確是在做好事，最後還美其名曰「神性」。宗教裡講人是管理世間萬物的，人們就有恃無恐，以為自己確是祂了，就無所謂其他萬物的存亡；政治家們用教育告訴思想還沒成型的孩子們要遵守法律，要去愛護自然和其他的生物們，可那些把所有知識都牢牢記在腦中的孩子們，他們之間的佼佼者，也總是會唯利是圖，不顧他人之生死，更何況是認為人類不總是高「人」一等呢？可如果連孩子們都失去了對其他生命的尊重，那這個種族就僅需坐以待斃了。

只不過，憑什麼可以評頭論足的你們就不必遭受這樣的苦痛，而使我一人強忍淚水？當看到他們失望的表情時就足以讓我潸然淚下，就不要說他們因痛苦而哭泣時，更不要說因生命的消逝而木然時；可為何我卻要在是否該「表現我的悲傷」中作出選擇來供你們欣賞呢？為何我一定要用充滿情感的文字描述我的無比悲痛才能證明我是發自肺腑的呢？為何就沒有人看到他們尚在時我就因為他們總會離去而痛哭流涕呢？為何就沒人能夠發現滿臉淚水時的我呢？我可從來都沒有躲藏呀！那一切對未來美好的遐想，就算能成真，也再無法和他們共享，他們完完全全成了夢中的臆構！——就連和他們爭吵都不再可能。

我好厭惡科技，厭惡它不能將我的情感像這白紙黑字一樣真實且永久地傳達給你們，好去證明我每一個字句背後的每一絲情誼，好讓你們能沒有猜疑，能夠體會我此刻的顫抖與委屈，能夠同情我對摯愛的失去，能夠予以我最微弱的關心與愛意。每當我翻開相簿，我後悔當初沒有和他們拍攝更多的留念，它的愧疚，就如同是我將他們害死了一般地懲罰我，而僅有的美好時刻更是直插心腹的刀刃，在心中旋轉著刀柄，擠出帶汁的聲音在腦海裡翻騰與回蕩。我們共同，無論歡笑還是氣憤，而如今不要說抬起頭就能看到同一輪明月，就連這分空氣都再沒有他們呼出的一絲氣息——這個世界的一切再無與他們的交集。

人類這麼厲害，能上天能入地，能擺脫繁重的勞苦交給機器，能用高速的工具跨越遙遠的距離，能用先進優良的技術裝備抵禦天災，力挽狂瀾……可怎麼就能挽不回死神前的他們?!我無數次幻想和期盼何時科技能夠發展到將逝去的人復活，但他們的軀體不是被消滅了嗎，就算能回避，莫非還要讓我待到耄耋之年再看到青年時的他們嗎？縱使他們的肉體能與我再次相遇，那我們之間的回憶與情感豈不是只有我還保留，讓他們接受又是多麼得不公和殘忍呢？

那些以親人名義發著毒誓的人們尚能安然無恙，可我一生未做壞事，也從不敢拿生死說笑，為何偏偏要讓我遭受？——我只能強裝理性與冷靜，顯得無情，顯得不為所動，開心地哭後又要笑著流淚。如果這樣還不能給我未來的補償，那上天未免也太殘忍了。

經歷了這些事以後，唯一有些用處的，也就是在別人的親故離世時，自己也能如同當時他們對你說的那般，挑起「節哀順變」的口頭禪，硬是回憶起自己始終迴避的哀傷來表現自己感同身受的真情實意，冷漠而熱情地關懷他們罷了。就算自己遭受著大雨傾盆，可人生也不過如此。

那我作傳的理由到底應當是什麼呢——

# 志學

至於我自己，就讀於ㄩ省中學——ㄩ省官商子女就讀，所謂貴族的菁英學校。儘管新一任省委書記令媒體隱瞞了父親去世的消息，「以防輿論對我稚嫩心靈的傷害」，但還是委婉地向我傳達了我不能繼續留在ㄩ中念書的訊息；我也以想平靜些為無力抗拒的理由，順著臺階下到了ㄎ市中學——省內最好的平民中學。

我將家裡的資產當作住宿費地轉交給了姨媽——醫生，丈夫在國外科研，長久不歸；不育，把我視親生兒子般對待——進行保管，便住進了她家。

與ㄩ中相比，一般學校的勞逸時間有著嚴格的計劃性安排：同樣是修讀三個學年，普通學校的孩子有三個學期與三個假期，而且南、北方的時間上還有差異——第一個學期從五月開始，南方到六月結束，七月開始暑假，北方到七月為止，八月開始秋假；第二個學期從九月開始，南方到十一月為止，十二月開始秋假，北方到十月為止，十一月開始寒假；第三個學期從次年一月開始到二月結束，三月是年度考試，隨後放春假到四月，五月開始又是一個新的學年。於是是年五月一日，姨媽送我來到了ㄎ市中學。

站在ㄎ中門前，望著學校的大門，寒礘得令人失望，但又充滿著謎一般的好奇與激動：寬十米左右，兩側被佇立的石砌巨柱包裹著的鐵欄柵大門，兩旁是兩扇三米寬的小門。大門容得下多輛車並排開進，可進去以後，右邊是自行車壓出的老舊土路，正前方便是十幾級向上的臺階，左側是一座巨大的土堆，都讓人沒了去路。臺階往前是教學樓之一，左右對稱各五層，中間有兩層隔空連接，下面是圓柱頂起的大廳——可唯獨左側卻又融合了十餘層的行政樓。

不僅是建築，這糟糕的地方同樣讓我的思維錯亂：周圍一群的學生們著著清一色上個世紀風格模樣的制服失了個性，不修邊幅的彼此又沒了共性，他們談吐間夾雜著汙言穢語，仿佛在他們之中能看透一切的世間百態。我在一片紅色的人群中走向東座的七樓，我的班級。

班主任見我來了，恭敬地告訴我可以隨便地選個座位，而我不是咄咄逼人的樣子，不會因為喜歡誰就坐誰的同桌然後把原先的人趕走，但何況哪有我能看得上的人呢？我看見教室的末排有個空位——就好像所有言情小說中總有的情節一樣——我便走了過去。

「一個假期沒見到大家，大家都變好看了哈……」她說的話是那麼得令人尷尬，「在班會開始之前，我們先來歡迎一下這學期新轉來的同學；給我們做個自我介紹吧！」

我在七零八落的掌聲中扭過頭看著班主任微笑的臉，只好無奈地張開了嘴：「我叫召吉巛。上刀下口；吉星高照之吉，巛澤納汙之巛」，我頓了一下，便繼續往下走，坐了下去。班主任也開始了新學期的種種教訓。

「你好」：芝蘭玉樹，朗月入懷。

頂著一頭蓬鬆而飄散，長度大抵到雙眉處的，略微捲髮的男生正是我的同桌。他一旁的頭髮向下耷著，捲曲的方向不一，和另一邊的瀏海分隔開，露出他光滑的額頭。他的雙耳有棱，之間的雙眸不大，但無論是位置與大小，都恰給人舒服的感覺。他的瞳孔中閃著靈動的光，雙眉清晰而濃厚。東方人挺立的鼻型，又有如女性的小巧。他常合攏著扁長的嘴唇，讓人不知他是笑非笑。白而紅潤的皮膚，如幾何圖形般標緻的臉形，沒有多餘的鬍茬與毛髮，讓同樣套在校服裡的他與眾不同。

「我叫吳嘉康。上口下矢；嘉言懿行之嘉，康莊大道之康。」他微笑著，試圖從頰中擠出酒窩。

「嗯……」

「你是ㄩ中的啊？」他的手肘杵在書桌上，並非修長的手指貼在他的臉上；他的指甲沒有贅餘，圓潤的邊際看不出修剪的痕跡。

「嗯。」

「哎呀，真好，哪像我們這破學校，學的都不知道是啥玩意兒。」他微微嘟著嘴，無奈地放下了手，從眼鏡盒裡掏出眼鏡。

「你學習不好？」

他把他的眼鏡夾在鼻翼上，略閃金光的圓形鏡片將他的雙目放大。他轉過來正對著我說：「對呀。」

於是，過了幾個星期，我便證實了我所熟悉的這所學校：談吐不雅，衣冠不整，毫無讀書人該有的模樣。他們除了課本的內容很精通之外，其他的好像都一無所知。但吳嘉康不同，無論是言語、作為或是更高深的學術與思想，都好像是他在ㄩ中上過學一樣：ㄩ中從不重視升學考綱中的種種文化課，我們被當作未來的菁英——也正是——來培養。語文不是簡單的背誦，更是思想的悟讀和傳承；數學不是單純的解題，而是科學與邏輯的訓練……其他的諸如社交禮儀、言談舉止、健美運動，沒有什麼是我們不修之以學的。

當然，這其中還是有樂趣可言的。永遠不可能把握社會財富的人們總以為有一天能夠翻身，甚至在此之前不斷操練著他們高人一等的才能好有朝一日將其運用——他們以自己所謂民主之方式競選學生層面的領袖，不說他們從未發現自己根本沒有資格成為這個國家的領袖，更不要說那所謂民主的方式。於是我借助父親的餘威，拜託教育廳長向ㄎ中的校長打了聲招呼，再動用一些數目可以忽略不計的家產，我也便真正民主地自上而下成為了班長和學生會長；畢竟復興召氏的重任擔負在我的身上，剛好藉此彌補離開ㄩ中所失去領導能力鍛煉的機會。我將生活的重心放到組織同學之上，而學習——ㄩ中享受著整個地區最強大的師資力量，我的成績在ㄩ中本就名列前茅，在ㄎ中和這些平凡人競爭——畢竟是小菜一碟；自從我來到ㄎ中後，大家也只過問探花為何人了。

自班級開始，每個人的課業都被算作班級的整體發展進行著針對性地計畫，是故在同一年級，按照成績的順序排名，只有第六十八位才出現其他班學生的名字——我所在的班級人數正好為六十七。除了學習，各種包含和不包含課業內容的競賽、活動，都將班級推到了學校的頂峰。孩子們也不斷地走出校園，讓ㄎ中的名字再一次被人們所提及，並非僅僅是名校入學率的原因，而是在此基礎之上，每個學生各個方面的發展都能夠絕對地壓倒其他學校。我順勢地與這個地區以及地區之外，如同我一般的其他學校的學生領袖們成立了少菁會，領導著各個學生團體聯動發展。

少菁會不局限於華而不實的情懷與口號，更多的是為每個孩子提供各式各樣的舞臺好讓他們發掘自己課業之外的潛能；從ㄎ市到ㄩ省，到ㄍ、ㄙ、ㄔ和ㄒ省，各地已然優秀且極具發展潛力的學生們相聚在一起，探尋這個社會和人類，政治、經濟、軍事等等諸方面的解決辦法，如同今天的智庫，未來的才儲；又好似兄弟會，借助每個人背景上的優勢，為組織輸送血液。沒有過多的行動，卻讓每個人在思想上緊箍共同的價值觀，以一齊登上更高的巔峰。

總之，無論是長相、資本、學習，抑或其他能力，我都如神一般，為大家所仰慕。當然，也出現過有人反對而我用這些「骯髒的手段」平息的情況——那些人也都這樣——最後也便一一順從了。我知道有些人是愚蠢而盲目地崇拜依仗我，有些人則是實實在在地憎恨我；只可惜他們都太弱，以致沒人膽敢於直面我說一句反對的話——除了吳嘉康。

吳嘉康的確是我到目前為止所認識到最為優秀的人：在這種應試的地獄裡，他似乎不那麼在意學習，卻能一直位居除我之外的榜首；能力於其他人也高出一大截。我本該很反感他，不過想想既然有個得力的幫手，也無關緊要了，畢竟他奪不走我的寶座。於是我搬出了姨媽家，使著我的那些「骯髒的手段」，便和吳嘉康成了舍友。學校的宿舍乃是雙人間，陳硯和許誤是一間，謝鑒誠的室友因病休學，他便暫時獨居一間——我本是不想提他們的，可畢竟這一會兒他們就得粉墨登場了，提提也罷。

就好像昨天才開學似的，轉眼第一個學期就過去了，如今已是九月一日。第二學期伊始，孩子們卻依舊如仲夏般的熱情，不合這天氣漸涼的時節。

而我真正想說的，是在這個班級，或者說這個平民社會裡，居然沒有公義與對權威敬畏的存在。換句話說，他們看我們這些山中學生，都認作是紈絝子弟，覺得我們永遠是光明的對立面，只不過會對「高貴的」小人們玩弄職權的把戲，巴不得我們全死了才好。跟他們解釋，他們又說：「好！您是老大，您說什麼都是對的，所以您大可不必說了，咱們聽您的就好。」那倒不如省著點，讓他們不斷提高自己的臆構能力，自生自滅。但，這可是我的自傳，我卻要偏要解釋一番，免得待我紅火之日，這本自傳的讀者卻還是現在這群人般的愚蠢，拿我一頓批判可不行。

就好比我能作傳一樣，平民百姓作傳圖個什麼呢？我若是紈綺，但我這是被選擇的；我們縱使這樣著，那也是為了我們能不紈綺。就好比，確實，我是有我的手段來當上班長的，但我在管理班級時也是秉持公義地吧；對於能否制定規則，我能你不能，你就羡慕嫉妒，但當你有這個條件時，誰知道你的手段會比我的狠毒幾倍呢？對於服從規則，我讓你遵從可你卻嗚號亂叫，不知從哪裡找來的歪門邪道冷嘲熱諷，就是不甘，可最終就是反抗也反抗不過。總之，這就是我要說的，小人們違反了規則，我必須要用規則制裁他時，他反而要賴和不開心的故事。

ㄩ中學子尚是不屑於用武力解決問題的——這並非是為我抵抗不過暴民而尋的託辭——與手無寸鐵的平民百姓使武力，豈不啻是成了暴君；可草民卻總喜歡舉大義，日夜企盼顛覆這整個社會，而事實上，如果沒有支撐起社會秩序的基石，菁英也不可能走到社會金字塔的頂峰。

陳硯、許誤和謝鑒誠就是這樣的基石。陳硯出身貧寒卻也無法掩蓋他超人的智商與不群的眼光；許誤的家境好些，但雙親離異，隨著身為ㄎ市政府高級官員的父親；謝鑒誠則是名符其實的富二代，謝氏夫婦都是叱吒商海的富豪。至於為何後者同我不是ㄩ中校友，我也不清楚——他們都是吳嘉康的好友，平常與我便沒有對抗。

我將酒打開，倒了五份，分給他們。先是謝意，便乾了整杯，也一併為他們填滿。吳嘉康將煙給拆開遞給他們，一口一個「老大」地點著煙。

「誒，召班長，給我們講講ㄩ中吧。」許誤說道。

「嗯……好啊。」我非常詫異居然有人能心平氣和地，或是，用這樣的姿態來與我對話，以及問我這種問題；我也必須以善意回報，便大致地介紹了一下山中的與眾不同，以及這種類型的學校在全國都存在的事實。

「全能人才作為將來社會的領袖啊……」陳覎把我最後總結性的話語重複了一遍。

「但也不是只有從山中畢業的才能成為政府幹部吧！」許駁道。

「社會的領袖難道就只有公務員喔？」謝吐了一口煙，「人家那相當於是從小打造共濟會啦。你說你要是有這樣一群父母是權貴的子女作同學，你以後幹什麼不容易啊？」

「那你咧，謝大公子？」吳也說起話來，「怎麼就少爺您纔到來我們這破學校讀書啊？」

「體驗人生咯。」謝哈哈道，「畢竟要錢來還得靠大多數人的貢獻嘛，和他們在一起生活更能瞭解他們的需求，以後也更好見機行事呀。況且，你也曉得的，這些人更好唬弄，何必不借助現在的身分蠱惑一批忠誠的奴僕，將來作為廉價勞動力呢？」

「所以以後能讓我為公子您打掃廁所嗎，謝總？」吳左手夾著煙，右手舉著紙杯，身子和頭傾向謝鑒誠說。

「豈止如此，你這麼優秀，我還要給你一個保潔隊長的位置呢。」眾笑。

「不過，為什麼你不在ㄩ中呢？」我對許問道，「ㄩ中學生父母級別不如令尊大的也有……難不成你也一樣打算先建立群眾基礎？」

「沒有啦，ㄩ中也不是看級別高低就能進的啊。你也知道，我爸是我們家族裡第一個爬到那個位置的，所以不算是正統。反正在哪裡讀對我來說也無所謂——要是我爸能到召書記的高度，那還差不多。」許。

「嘿——」陳提醒著許家人已故的事，反不小心放大了音量使得自己尷尬了起來。

「沒事。」我立刻打起了圓場，「其實對我來說，沒了家庭的束縛，自己做起事來的顧慮也就少了……雖然說這樣太過無情什麼的……但……其實……」而我卻沒法在煙酒作用下混亂的思緒中編造更多的胡言亂語，找到合適的理由來應對此時的沉默，也便噎住──可似乎，也沒有喪失一點快意。

「養育後代本身就是一種達成先輩目的的手段嘛。」吳嘉康趕緊從尷尬中將我解救出來，「孩子就是工具，除去感情的羈絆，如果少了這層束縛他們的人，對於他們自身的發展又有什麼不好的呢？」

「那……」陳趕緊轉移話題，「你以後想幹啥啊？」

我剛要張口。

「──我啊，我想當一個演員啦，」吳突然變了一種腔調，搶著說，「或者歌手，反正打進演藝圈就行。」他滿是期盼地，突然看了我一眼，「和小吉吉一樣。」

「什麼啊！」

「可是你自己說看著同齡人能在舞臺上花枝招展，羨慕得要死嗅……」他根本是嘲笑，卻又擺出一臉無辜的模樣。

「我也沒說非要如此呀。」

就這樣，子時起，我們從每個人的身世，聊到對這個社會的看法，對規則的成見，對未來的美好期望——這是我從不曾預想到，如此自由地去說話，乃是與我自認為的「平民百姓」促膝長談，並能收穫絕大多數共鳴與贊同的，就算有觀念上的分歧，那也並非是不值得去交換意見的，這讓我不禁開始質疑：社會的階級到底是為何而存在？待到酒也沒了，手指上也滿是香煙焦油凝華的痕跡，廁所都忘了上了多少次，已是淩晨四時。

「……以後無論我們混成什麼樣，富則同樂，窮到只能買一碗麵也是我們一起分著吃！」大家以水代酒，又是一乾。
歡盡即散，我和吳嘉康也回到我們自己的寢室。
「不一定喔。」他用腳互相踩住拖鞋，好讓它鬆開。
「啥？」
「我說啊，你剛才大言不慚的豪言壯語。」吳嘉康蹦上我的床，脫著衣服說道，「雖說……雖說今晚這一聚，以後就可以不僅是我保護你了——」
「……嗯？」
「——你想啊，今天大家都打心底裡地聊。但如果，我說如果，某個人，或者要是其他人，聽你這麼說可不得打著什麼其他的心思啊。」
我略是沉默。
「嗨，我說的是，咱們五人都是兄弟了，那倒不至於，但，以後要真都落魄了，誰還在乎咱這時說的這些啊。以後要真沒利益關係了，這關係根本也就維繫不了呀！」

「嗯……」

「這會兒小朋友們還不曉得多大的利害關係，那這關係的紐帶倒還尚且是帶著感情的，但到以後了，那也就是金錢至上了；活不下去了，誰還管你是誰啊。」

我和吳嘉康又開始繼續聊了起來；我和他都知道，我們之中誰都沒有把這晚的聊天看得那麼重要，但就算是閒聊，他也依舊不忘記用「哎呀，我騙你的啦，嘻嘻」收尾，好安撫我根本沒有的恐懼。待起床鈴響起，我們拖著疲憊的身體，但非常快樂地，往教室去了。

「思想的力量，是人類所知最為強大的力量之一。但當人類真正理解了這種神聖力量的本質並加以利用時，他們便可以將自己從物質的羈絆中解放出來，進而向著成為一個自覺且富有創造力的存在發展。

「我們無時無刻都不在思考，而我們所思的，是影響了我們的生活，還是被我們的所作所為所束縛，被決定著了呢？古云：『學而不思則罔，思而不學則殆。』罔與殆常常發生，因為學而不思和思而不學幾乎成為一種常態：我們無法巧妙地將學——或是我們的實踐——與思結合在一起，大家往往是只學——行動——而沒有思考。不學而單純地去思考是少數，何況既學又思呢？當然，我所說的思，並不單純地指針對某個物、某件事去考慮它的解決辦法，進而得出某種方法論，因為那樣就單純是為了解決行動而引發的；我所說的思是指通過思維的運轉，得出一種思想，而不僅僅是任何的解決辦法，也就是說，我們在思考時，往往停留在想的階段，而不是質疑與批判的境界，甚至可以是開天異想。

「比如，大家來到這所學校之前，肯定會考慮在這所學校就讀的利弊，比如為什麼你要來到這所學校；這便引出了思：你為什麼要來這裡上學？你為什麼要上學？為什麼要上學？為什麼要學？——由此可見，我們往往會在潛意識下局限自己的思考，而只有將問題一層層地剖析和解決下去，比如綜合了學校的各種要件，去質疑可能對未來造成影響的你在學校的經歷，你所認識到的人，你的收穫，以及它能否使你的未來有好的趨勢，等等，我們才能真正突破想和思的界限。

「其實這個事例也有些將思考方法論化的意味——我們所提倡的思想是什麼？是我們在被決定了的方法論下，以批判性的思考，得出無論對錯的具有突破意味的思想。當然，在我們思考出某種思想時，我們也要用思考的方法來對我們所思考的結論進行思考性地評判。舉例來說，每節課上三刻鐘它是否合適？每天的日程安排它是否正確？明明大學都是九月開學，可高中結束的時間卻在五月是為何？每年南北有差異的假期安排，它是否是必要的？甚至這樣的教育制度，又是否值得存在？進一步地，我們是不是被驅使去這麼思考？是不是我們在人生中經歷的種種造成了我們固有的傾向？——這就是我所希望的，在固化的思想上刻意進行有差異的思考，使得我們對新舊事物的看法與觀點，有一個嶄新的角度的變化，並隨之產生改變它的願望與動機。

「我們常常掛在嘴邊的陰謀論，我們之所以將其定義為陰謀論，是覺得它就是陰謀進而排斥它，還是說是被某些別有居心的人扣上了陰謀論的帽子，以不讓你去懷疑這是陰謀論和它所針對的事呢？我們要思考的，便是去論證和發現它的更多可能。作為陰謀論，它的論據是必使人信服的；我們思考的便就是我們如何對待這個證據，是支持，或是反對。為什麼有人會想給它貼上陰謀論的標籤？又為什麼，這件事會產生陰謀論？

「有人會說，因為這件事它不確切，它值得懷疑，它並不一定是事實。那將它延伸開來，面對兩種不同的觀點，我們對待事實的態度，是公認的，就是對的，就可以不予以質疑的嗎？物之所以為一物，靠的是其他人的認同麼？公認的不過是大部分人認為這是對的，小部分人不是不願意推翻，而是因為大部分人以少數服從多數的理由就閉上了嘴——於是，少數人便成了多數人，這也便是百分百的公理了——針對公理，我們又是否需要去質疑呢？所謂好的就必定是好的，所謂壞的就絕對是壞的嗎？

「有人說科學至上，宗教信仰不過是人為的目的，而迷信或魔法就一定是無用的；但在科學史上，卻也有理論被推翻了，文明社會下也有科學家信奉神明。我們何嘗不去試想，這一整套科學系統從頭到尾都是錯誤的呢？古人奠定了科學的基礎，但我們卻選擇相信他們，進而以這些基礎來繼續研究；從未去反駁，反而還以前人論證的方式再去無限地證明它是對的。

「一個明星做了錯事，以致人們對他無停歇地攻擊，然而我們何嘗不去思考這是有人為了利益有意指使，刻意炒作，或是故意抹黑呢？一個透過革命建立國家的當政者宣揚他們的正統與合法性，而我們何嘗不去思考這是他們的謊言，真實的歷史或是他們編造了歷史呢？同樣地，我在這做演講，是否又是某人刻意安排在你這個人生點中聽到的，而你的人生，也許有著你的主觀想法，但其實卻是被別人所客觀地安排了呢？

「大家可曾想過，夢中所發生的事成功實現了，自己腦海中構想的也化以為真，就如同是神明的眷顧，是為何呢？也許牆後聚集了很多人，他們一直看著、策劃著你的人生，可你卻越不過這堵牆，也看不見他們；他們可以根據你的舉動來把你要經歷的舞臺都搭建好，把需要參演的人都準備好。或許你突發奇想，暗中研製航太火箭，衝出了這堵牆，而這舞臺，他們卻還沒來得及搭建，也只有這樣，才能證明那面牆壁的存在，卻怎樣都無法證明它的不存在。也就是說，些許ㄇ國根本不存在，我們只是在電視上，在人們口中聽說了，但它就是不存在。只有當你打算去了，他們才把景給布好，而它真正距離我們有多遠，誰也不知道，因為飛機可能只是在原地繞圈，然後降落在他們製作的，就在原地的，聲稱是ㄇ國機場的舞臺。更甚是，你乘坐的飛機根本沒有起飛，只不過他們把舷窗上的畫面改了，同時予以你飛行的感覺，等到了目的地，把周圍的景變了，也就好了呢？

「其實，在你們面前的，站在這裡的人也並不存在，只不過是安排你以為這裡有個人，而且安排你看得見，聽得見，讓你以為你是坐在教室的椅子上的，這就好像你做夢時分不清此刻與現實，而現在你如何又不去懷疑這就是夢境呢？你現在又是否坐在教室裡，你所感覺到的又是否是真實的？為什麼不去嘗試回憶你因為事故而昏迷在病床上，還是深夜躺在溫暖的床上呢？抑或是從頭到尾就沒有你這個存在，只不過是你自以為或是別人灌輸予你你所存在的想法，或是你自以為是別人灌輸予你你所存在的想法呢？是專門用來計算和模擬人生的智能機器呢？到底有多少事是正確的，是真實的，是必然的呢？

「現在請大家將雙眼閉上——然而你們是否真的閉上了呢，還是睜著眼聽到我說閉上眼，就自以為閉上了，又或是閉上了眼睛卻自以為自己其實是睜著眼睛看著我呢——」

我停頓，「下面，請睜開眼；看著我的嘴唇。」

唇語——「思想的力量」。

面對雄偉的東西，無知的人們總要用誇張的作為表現自己的理解、欽佩與敬畏，毫無深度的言語也能讓此刻的聽者恍然，甚者更能在有限的腦細胞中強擠淚水。只可惜，能達到此番情景所需擁有的智慧，卻並非是我一人能結論出的：

「我不曉得人生的意義。」我和吳嘉康的關係已經發展到足以讓我向他訴說這樣的苦惱了。

「噗，不還有我嘛。」

「不，我不是這意思。我是說，我們活著是為什麼？」我答道，「就算我成為國家領袖，或是名利雙收，哪又怎樣呢？待我死了不也與我無關嗎？」

「如果——」

「或者這麼說，就算我現在自殺了——而人也總是要死的——那麼這個世界上的人，悲傷、難過了，那我也不在這個世界上了，我根本感受不到甚至不在乎你們的痛楚，因為你們再有任何的情緒也與我無關，那又怎樣呢？我也許會有多麼偉大的功績，讓人們活得更好，但我死了，這豐功偉績又有何用呢，人們記住我又如何呢？我胡作非為，讓人們墜落水深火熱之中，又如何呢？而我苟且偷生，一生活得痛快，那我何嘗不現在就死去，免得我還要為快樂而殊死搏鬥呢？」

「你也知道人總是要死的……」他長吸了一口氣，「有一次我做飯切肉，不小心一刀下去剁到手指了，」他把手抬起來，「切得挺深的，幸好沒斷，但險些把神經給切了；那要是切著了，這手指可就不能動了——之後我就一直在想，人幹嘛非要發明刀這種東西啊，雖然確實是很便利，但也很危險啊，幼稚園還教小朋友不要隨便碰刀呢。但既然我們不得不使用這些東西，那為什麼不去思考怎麼把這些帶來傷害的可能降到最低呢？比如要求只有專職的廚師才能購買刀具，肉啊、菜啊，只有等他們切好了的，才再由民眾去購買，這樣不就好多了嘛。你想啊，要是哪天我不在宿舍，你不小心咋地把動脈給割破了，你知道怎麼處理？誰又能及時正確地處理？最近的醫院在哪又怎麼去？你又要多久才能最快地趕到？

「或許你說那只要組織急救教學不就好啦，但那些見義勇為卻被栽贓嫁禍的人的後果又如何呢？我可不信你血流成河的時候能冷靜地自己處理好。我說的這些東西，可不是處理好制度問題就可以解決的——我一直反感那些動不動就把責任歸咎於制度的觀點——因為就算可以解決這些問題，也無法一了百了地解決其他問題。就如同一個國家的法律制度再健全，也依然無法降低犯罪率，因為法律的存在，其本身就是用來處理已然發生的行為的，真正用於預防犯罪的則還是包括行政、教育等的工作，而它們又不具懲罰的性質。

「但它們確實有一個可以解決的元問題，我隨便舉個例子：總有人在網路上訴說愛情的苦衷，比如甲喜歡乙，但乙有喜歡的丙了，可丙並不喜歡乙，正如乙不喜歡甲的那樣；極端地來說，這種關係可以不斷延伸，而且是非線性的延伸，它讓所有陷入情感泥潭的人痛苦。但如果這一條鏈中，有一個人願意妥協，願意在自己的選擇上有所改變，那麼對其他人都會造成深遠的影響，也就會有人隨著他去妥協，理論上就可以改變所有人都是孤身一人的情況，進而每個人都擁有伴侶。當然，這種妥協並不是讓所有人去和追求自己但自己不喜歡的人交往，可至少不是那麼地無情；如果能被自己喜歡的人溫柔以待，就算依然沒改變他的選擇，那個人也一定會理性地接受和處理自己的情感。這讓步，不僅處理了相處的問題，還直接避免了後續，因為感情造成的更加惡劣的後果，比如殉情，比如因為失意對對方造成傷害等等，因為它同樣可以在兩個人相處時表現出來：包括爭執、離異、雙方親屬的關係。同樣，如果人們對其他生物的態度，也可以更加用情，那麼就不至於在動物感染疾病時，選擇直接去消滅，而非像對待自己的同類一樣，先隔離，去治療——就更不會有，為了保護自己，不分青紅皂白地把所有它者全部消滅，而不顧任何的辯解。——你也可是會忘我地笑的吧。

「——這樣的例子還有很多。譬如：一對視障夫婦生了一個孩子，你怎麼看呢？這對夫妻對孩子視覺上的教育成果幾乎為零，孩子有了更強的認知能力後亦會發現自己父母的與眾不同，上學以後也會被同齡人，不，何止是他的同學朋友視為異類，將來的一舉一動也很難受到他父母的管控。那麼，我們就應該限制視障人士生育的權利嗎？不要說傾力保護那些殘障人的權益，好讓他們能生活得像一個普通的正常人：被占用的盲道，沒有無障礙通道的公共場所；就連正常人都會被生活中本可以避免和解決的事傷害——沒了井蓋的井？平路突然多出的坎？何況那些身體上有缺陷的人們，那些和我們一樣但弱勢的人呢？

「然而：耶誕節用樹裝點火雞餐的人認為上帝的存在乃是天方夜譚；大言捍衛宗教自由的人在網路上分享著帶有真主萬歲的文字戲謔。舉著撐同志反歧視牌子拍照的人以死相逼讓自己出櫃的孩子回歸正常；戀處情結者不斷央求赤裸的床伴可以容許自己摘下安全套。從來不闖紅燈也阻止別人不走斑馬線的卻時刻將自己熄滅的煙頭亂丟；妄圖做一個背後不說別人壞話的到爭辯時也拿著他人身體上的缺陷進行無情的攻擊。

「如果因為人生中的不如意就沒了前進的方向，那就去彌補那些失去，防止這樣的事情再度發生。只有人們對彼此都賦之以情時，這些問題才能得以解決。這個情，並不是單純的個人情感，它更多的是包容、接受與妥協，是站在他人立場的，合乎世俗的善意；它不是簡單的由統治階級制定的法律，而應當是統一的新社會契約。如果你能認同這個解決一切問題的辦法，那麼何必還去糾結搞不懂人生的意義，或者還不知道如何去實現自己呢？

「這個目標並不容易實現，甚至也不一定為所有人所接受。為了能讓所有人接受而去作為，進而讓能實現這個目的而作為，這不正是為生存而鬥爭嗎？」

雖是理科生，但為了回應全面發展的號召，我們同樣還要學習文科——地理、歷史和政治——的綜合課程，只不過不像理科的課程是分成三門來上，且要求比文科生低很多。我與吳嘉康常常到文科老師那裡談天說地。

「所以，你們認為實行所謂民主普選的先決條件還是人民的素質咯？」老師反問。

「照小吉——巛這麼說的確是這樣。現在國民的政治素養還沒有達到可以進行全民公投的水準，要是現在搞公投，那些極端的地域主義、民族主義和宗教主義就能把整個國家大卸八塊。」

「——現在的制度，包括執政體系，反而就是最適國情的。」

「這是極端左的情況。如果是稍微右一些的話，」嘉康頓了頓，「反倒滿像古時候——我們極端一些，說只有帝王一個人執掌整個社會的秩序，而百姓都是一樣，待到帝王和百姓的素質都提高了，百姓安居樂業，其實也就無所謂帝王的存在與否了。」

「一旦消滅了所有制，用我們自己的話來說就是大同社會；」我說道，「消滅所有制的問題完全可以靠帝王的一句話。此外，要讓社會絕對平等，途徑只有一個，那就是取締所有的一人之下萬人之上，就是多一層也不行。」

「是這樣的。」

於是，我們仨就這個問題探討了多次。

一次我興致大發，做了一個理想的現代社會模型請老師指正。

「時間背景是……」

「當下。」

「——你不覺得這樣是一蹴而就嗎？」

「吸煙的人明知吸煙對自己和他人都不好，但卻不去，或沒法輕易地戒掉煙，這並非因為他不體諒別人或他無法下定決心。正如我所說，他明確知此舉有害，這本應是作為戒煙根本的動力，但利己心，戒煙期間身體的依賴和煙友的誘惑等等，讓他難以完全阻斷吸煙。那麼戒煙就真正無法解決了嗎？非也。倘若國家明令禁止煙草的銷售與生產，有煙癮的人雖會不顧一切尋找香煙，但他無論如何也找不到，這不就解決了？這是短痛，無論是在於他本人，還是在他尋找香煙時對別人的傷害，但總比讓他因吸煙患病後對他的折磨，或者是讓別人吸食二手煙這樣的長痛好。如果國家真的這樣做，誠然，無論是吸煙者還是不吸煙者都會認為這是對人權的剝削，但，相比於不吸煙者的健康權利，禁止吸煙者在某個場所吸煙，但又不考慮吸煙者的煎熬，不設置專門的吸煙處，豈不是更加一視同仁？況且，吸煙本身就是不好的行徑，所以只要在大範圍內的禁止，沒有什麼做不到的。

「從這點來說，如果殺人只能通過槍支來進行，那麼國家明令禁止槍支的交易與生產，也就沒有人能夠去殺人。包括其他的一切。這不是簡單的：我認為社會應該這樣，所以只要從我做起，修身齊家，治國然平天下，就能達到所期望的樣子；一個人要做到，完成自己的內部鬥爭就很難，何況還有外部環境的壓力。如果一個人的行為可以影響整個社會，如果一個社會需要靠一個人來改變，那也太高估那個人的能力，也太低估別人的看法了。所以，與其作繭自縛懷揣這樣幼稚的想法，不如直接影響因此而存在的規則，直接消滅一切不好的可能。也只有這樣，人們才能在邪惡之中解放出來。」我解釋道，「我希望透過某種方法，讓人們做什麼事都能以情為基礎，於情出發，那麼大家有了愛與包容，就不會為更多的事而爭執，而鬥爭。」

「你這全把賭注押在領袖的身上了呀……」老師並沒有完全否定我的方案，「方案裡有很多東西在現在看來都是超越倫理道德，或者說是超越世俗的吧，暫且不說它們是好是壞，這可行性我們也暫且不去考慮；那麼如果要建設這個國家——簡單一點，就說是城市吧——你覺得最大的關鍵是什麼呢？」

「制度。」

「——你可以規定條款，讓人們做什麼，不做什麼，但如果這種規矩對於常人——現在的人——來說是非常超前的，他們做不到，那怎麼辦？一方面你試圖用情去感化眾人，另一方面你又不捨棄使用強權政治：你可以試圖用極端的方式去清洗他們，但些許不過一代人，再好再光明的制度，恐怕也將黑化。

「當然了，我這麼說是因為我們所賴以生存的社會沒有這樣的事例，也沒有嘗試的條件，但，在目前看來，國人，甚至是在這個地球上的任何一個角落的人，都無法避免；就算人們都能自尊自愛，但那還得回到君主的決策必須是向善的假設之上，否則這些假設就都是不可靠的。你要建一棟千米大廈，只有這個大廈包含著最先進的科技，和一個社會所必需的所有東西，人們才可以完全居住在裡面不必出來，在內安居樂業，但如果基石不穩固，它終將是要倒塌的。」老師笑著說，「而這個理想的城市，它的基台上方且還蔓布著青草呢。」

總說畢業遙遙無期，但轉眼卻各奔東西。已是新年的二月末，十餘天就將迎來高考，高考的來臨也就預示著高中生活的結束。

拍畢業照時，班上總會少了那麼些人：嘉康前去ㄅ省藝考，陳覞在ㄇ國忙著辦理留學的事，許誤在城市的另一邊參加自主招生的考試，而謝鑒誠卻對未來曖昧不明，有棄考從商的打算，正和父母二人代表ㄩ省商會外出參加活動。至於我，則如同隱身的小丑，打出一副思想發達正派人的面孔，一言不發地走到最高一排的正中央，擠出一副高高在上又遺世獨立的模樣，揚起沉重的頭顱。合照拍完以後，大家脫下ㄎ中的校服，自顧地和友人自拍。我走在校園裡，候著哪個同學邀我拍個照，但最後還是滿是不願地要求著那些少菁會的成員們合了幾張照，然後和班上幾個孤言寡語且同樣沒什麼朋友的人一起，回到教室，自顧自地看書複習去了。

隨後便是ㄩ中拍照的日子。我本是不想去的——也覺得我是沒有資格去的——但劉，我ㄩ中最要好的同學執意要我去，我也只好從命。那天恰是ㄎ中最後一次的模擬考，我想罷，覺得也沒必要考這麼最後一次了。

山中坐落在ㄎ市新開發出的行政片區，距市中心的直線距離也有個十幾公里。還在山中上學時，每週都是父母開車接送，不過一個小時就能回到家，可如今我也只能孤身一人乘地鐵來這個熟悉而陌生的地方。我一大早便出了門，到了山中，離拍畢業照的時間還有一個小時，他們也還在上課。我直接往山中禮堂去，那兒有一架三角鋼琴；我開始彈了起來，獨自沉寂在音符的慰藉中。

劉拍了拍我的肩膀，才發現下面早已聚集著同班、亦是同屆的同學們。大家見我停下，回過了神，向我噓寒問暖。我本以為除了劉，山中的同學會因為我失了山中學子的身分而對我如何如何，但相反的，他們更關心的是我在ㄎ中是否受到了欺淩與區別的對待，就算受到了也不要和那些人認真等等；我才發現，忘本才是最為可怕的，大許是因為我和「憤世嫉俗」的人們待久了，也忘了這人與人間最為重要的東西了罷。只是面對這樣的溫柔，嘴角上揚得卻好像是習慣性動作一樣。

轉眼到了三月，我也正式走進了高考的考場。

那是考試的第二天中午，考外語科之前：「噯，你晚上有事兒不？」吳嘉康問我，「沒事兒的話咱倆約去哪兒玩兒唄——反正那仨也來不了。」

那晚，我和吳嘉康去了一家人少得不能再少的酒吧裡，除了酒保玩遊戲的聲音，唯一剩下的只有外放的音樂。

「你考得怎樣啊？」

「不好，難。」

「你這麼說我可就沒底了——你可一直是學校第一呢。」

「不，是我……本來ㄩ中的高考成績只是用來直升更好的學校而已，以前的學習方式都是結論式的填鴨答題，所以來到ㄎ中以後，拿第一也不成問題，但這次卻弄了一大堆探究性的問題……話說回來，你之前不是去藝考了，還沒問你考得怎麼樣。」

「哈哈，挺好的。ㄔ大的編導和劇作專業都過了。」

「那，都能上？」

「怎麼可能？我這麼帥，還是去學表演做演員比較吃香吧！」

「就你這長相都能……」

「哈哈，怎樣？」吳嘉康笑著又喝了一杯，「我可是實力派。」

面對即將到來的美好未來，沒有人不希望予以幻想，那些未知的新的人、新的事、新的邂逅與新的可能，都讓人沉醉其中無法自拔。這是人類最為自豪的能力，它能不顧以往的所有，盡自翱翔在時空的隧道之中。——但人們也從不曾忘記在一番夢境之後回歸現實：「……唉，真可惜啊。」

我：「嗯？」

「咱五個人唄。」

事實上，在第三學期時，因為許誤和陳覝的矛盾，我們五個人開始漸漸疏遠。我和吳嘉康、許誤和謝鑒誠，陳覝作為和事佬一般，一會兒和我們作仨，一會兒和他們作仨。慢慢地，我們也習慣了這種時而兩人、時而三人一起吃飯、上下學、洗漱的生活，卻從不為這種如女生般的冷戰而羞恥。

「……但想起那天晚上喝酒的事兒，還真是感慨萬千呢。」吳嘉康說。

「是啊。」

「比如說，你喝多了吐地上那會兒，我們給你鋪了層被你直接倒地就睡。下半場你才活過來的。」

「還提這事兒！」

「噯——總之吧，咱五個人在一起挺好的，就可惜沒這可能咯。」吳嘉康仰躺在沙發上感歎道。

「你和他就再不能和好了？」

吳反倒朝我笑了笑，仿佛讓我替他回答這個問題——「不過我倒是想好了，以後我一定要寫一本我們五個人的書。從來到丂中，到你，到我們做了兄弟，到我們現在這樣，再加上……我們的以後……嗨，這得是多了不起的書啊。」他泛著熏紅的臉，「只可惜你。」

他略作停頓，然後仰起了頭：

我愛的人，不知我愛佗。
每當我因佗的種種而失落時，
爲得不到佗的愛而傷痛時，
佗反倒來安慰和撫平：

佗說，「愛可是場悲劇，

不能癡迷於幸福幻象裡。」
可就算光陰也棄，
仍甘願沉醉在迢遞的別離。

佗說，「世上人不勝數，
何必爲此一個煞費苦心。」
可我也依然樂意，
殆盡所擁有千辛萬苦之力。

佗說，「別再揪心不已，
你善良、翩翩又帥氣……」
可爲何你明瞭十分，

愛我的人卻不是你。

他笑著，依舊是那閃著溫柔的目光，看著我說：「你覺得寫得怎樣？」

# 弱冠

單純加上激情
有時會自作高深
走進烈日　走進雨夜
卻無法辨清這世界

四月，是鏽築了的鐵門緊閉的時節。校園的紅磚圍牆並沒有在春天的暖陽下熠熠生輝。大紅的榜被黑色的毛筆字畫得胡亂，在錄取榜前，幾家歡喜幾家愁。那所大學的名下，是寥寥的幾人，它從Y姓開始，到了ㄓ，也沒有出現召吉巛，他在眾目睽睽之下冒充著榜單上的人，用假裝的喜悅衝出包圍住他的人群。——這不過是夢；現實裡沒有低矮的紅色圍牆，沒有紅色的榜單，只有紅色跳動的心，一顆不會因為這是夢就複而跳動的心。

一大的錄取通知書寄到了家中，乃是新聞學專業；吳嘉誠被ㄖ大表演專業錄取。陳硯被ㄇ國ㄋ大錄取，許誤進入了ㄓ大，而謝鑒誠最後也還是沒有高考，同族人下海經商了。

是年九月，我步入了大學校園。前十八年的自以為是和五個月間每個日夜所回憶起眾人的期望，讓我今天如此狼狽地收場；我放棄了一切，放棄了那所謂「方向指著美好，道路卻不從主流，寧可頭破血流也要撞出其他可能」的人生規劃，因為一切宣稱自信的，到頭來永遠是盲目的自大：我成了一個普通人，一個平凡的大學生。

我一直奢望自己只不過是在行為上平凡化，或是說緘默了，是厚積薄發而已——這可能是好事，這也可能是壞事。我慶倖我再沒有緬懷那些耽誤我的所謂的少年菁英，各種名名分分，加上永遠烙印在我身上的這所學校的標籤，都會變得一文不值。我嚮往以前的我，以及如今這些為了學生活動而每日奔波勞苦的人們——我再不能從中找到興趣。人生早已是定局，誰都無法去改變：上天要奪去的永遠會奪去，上天要你成為的你必將要成為。

我強逼著自己刻苦學習，好壓抑這繹動的心——我發自內心地瞧不起這裡，瞧不起這裡的所有人，這種瞧不起甚過曾經對丂中的厭煩，是深之入骨的憎惡；這種瞧不起亦是對我自己的憎恨：我不知所措，每天混過一節節課堂，一刻刻時光，一碗碗餐食。我希望能浪漫一些，把自己隱姓埋名比作深山裡的隱士，但沒有人在乎——沒有人過問我乃何人，我本從何處來，又當往哪裡去。

本是理科生的我，再無法去回應全面發展的號召，全身心地投入到了文中。在這一時刻，在每一時刻，我所殘存的所有自認為偉大的思想與能力，都如同萎縮的器官，如同那宇宙的公理，我都畏懼去使用；它無法演算我人生的方向，而我又依然自大不已，因為尚且知道這是被「公理」所欺騙。我以為自己還有機會能夠重新再來，但這遺憾，我卻終生不能擺脫。好比是敞開心扉把自己一切的所思所念告知自己所愛之人，他卻以思想的門當戶對而拒絕——價值觀的信心完全崩塌，我開始徹底懷疑我所做的一切究竟是對的還是錯的，我的生是對的還是錯的。

當我年輕時我的莽撞，我遺憾沒有人能伸出手來制止我，沒有人能在那時更加有力地引導我。我的人生也就這樣了；要後悔，也只能讓我的孩子好好地走下去——我如今能如此理解父母之所作所為：面對自己的失意，何人不願意有人能代之彌補——否則就是來生；我失去了活下去的動力與激情。我偶爾還信奉那套偉人的理論，但最終過腦子的理性，還是用雙手擰住我的脖子，卡住我的咽喉，告訴我：「你不可能，別苟且偷生了，死吧！」

此刻的我太渴望平凡，渴望我就此老去——因為我沒有勇氣結束自己的生命——老到我沒有奮鬥的激情，老到沒有去成就的奢求，沒有羨慕與嫉妒，老到可以對這一切的經歷都淡然與忘卻，到我所有的觀念早一日地改變；老到改變我所喜歡的人。

我和她相識在大二年末。她是隔壁ㄑ市重點大學的前輩。與她初次見面時，她那秀美的面容讓人無法反駁自己從不以貌取人；這讓我又一次深深地對一個人著了迷。她乃是修學建築的，能夠透過文化或是帶有藝術氣息地將思想賦予別人，不僅僅止於用歌聲，或是手舞足蹈，或是任何的工業設計，來把思想所傳達，實在是我所嚮往。

但不久我也就自拔了出來。且不說是文科和理科溝通的隔閡，就人論事，想罷我是那種不樂意卿卿我我的，卻又是最懂得浪漫，但沒有人配合的人。男人和女人的矛盾，總是分不清何為愛、何為事業的——縱使，此時我根本沒有什麼所謂事業，如果有，那也只是渾渾噩噩地度過這段煎熬的時間——這正是男性與女性最大的差異，她們根本不適合做這些。談到愛情，少年時的我所寫下的首首情詩，或是每篇關於愛的散文也不乏有了一本書的量；我不缺幻想，但總是在不停地尋找對的那個人的過程中不斷地受傷。——可要是用這些原因就足以讓我與她分離，那我也太沒肚量了。

那年，曾經侵略過甲國的乙國發生了特大地震，全世界投以關懷的目光，甲國尚能不計前嫌，但作為甲國盟友的我們的民眾卻以史說事，進化成了脫口秀主持人，茶餘飯後甚至工作中都能幸災樂禍，但他們的家人卻根本沒有在許久前那次侵略中被殺害；反倒是真正害死了他們家人的人，他們根本不放在眼裡，何況是全民，或是一個宗族，更或是一個家庭為其報復。「滔天大罪」永遠是政治正確的說辭。

而我是個百分百的和平主義者——也可能是因為懶——我極其反對軍隊的存在。在我看來，參軍的那些人——但如果他們是為了得到某些好處；那是聰明的，另當別論——是愚蠢至極的；和平時期浪費著納稅人的錢，但戰爭時期又有多少呢？這並非是我不忠於國家，或是對人民不負責的立場表現。我只是認為，如丙國和丁國發生戰爭，最後的結果不是丙國吞併丁國，或反之的，那何必要那些無論丙國或是丁國的士兵死亡，又何必要浪費他們的資源來發動戰爭呢？再者，如果一個國家有敵國外患，那他何必要為了那麼一絲尊嚴而去鬥爭呢？

戰爭是將領所指揮的，但在現代，並沒有哪個軍隊的最高將領需要在戰場上衝鋒陷陣。我當然嚮往那種身為軍人所飽受的榮譽感，但要這種榮譽感就必須以生命為賭注，而這種榮譽卻還不及肩章上多了幾顆星或是幾橫槓的人來得實在；以人民來看，讓我去戰場送死，誰又願意呢？那些在現實中說著大話，它國侵略我就首當其衝，待軍隊的人來到家門口點兵上戰場時，說不定當場就把自己弄瘸了。再說，無論是其他國家、其他種族還是其他膚色的人統治了這個地方，要是福利好，百姓們俯首下跪高呼萬歲還來不及；要是比先前的政府不好，那就又回到水能覆舟的問題了。

或許地球也如人生和情感一般起伏不定，大三那年，隔壁的戊地也發生了地震——這座城市因為它的人民經常違法犯罪而被地域攻擊——我且說或是去現場參與救援，或是獻血，最差也就是捐款，卻都被她卑鄙的言辭打回冷宮。最後，還有傳宗接代問題。我尚無收入，也不能預測畢業後能否養活自己，還要添一個人去照顧，豈不是為這個家庭以及社會添加負擔。

以上幾事，實不知是我太幼稚、太天真，跟不上人們普遍的心理，還是她是特例。但無論怎樣，至少我從她那兒學了挺多的東西，讓我意識到好歹我不那麼低級。——所以說是自大。

不然。

托吳社交網路的福，我也能熟練地使用那些寂寞人士的配對約會軟體，這也正是我和她相遇的原因：在軟體上相互搭訕，言語中充斥著淫穢與色情，讓我們初識的週末便相約到她的ㄑ市。

我到ㄑ市已然夜晚時分——縱使我是故意如此將她引誘出來與我同床共枕；她也將計就計，離開了宿舍，用對性的渴望壓抑住抗拒的理性——這也是我唯一能與她進一步和每一步接觸的契機。我們二人相吻、相擁，赤裸著身體釋放著彼此的腥臊，沒有一點的陌生與遲疑；她緊閉著自己被靈動修飾的扉，卻依然享受著得水之歡。我的思緒沒有任何的興奮，因為我十分地害怕：如果她容貌醜陋一些，她背景略遜一些，人生的標籤再低一些，那這第一次的坦誠也就沒什麼關係；但事與願違，與她的邂逅如同上天饋贈，從一開始就註定僅此一次。跨越了道德的底線，就這樣互相依偎，沒有情感的羈絆；身體的爆發後，我應著之前的語句，繼續追問她我將如何與她相伴一生，她冷漠淡然，只留下「累了，睡吧」的鼾聲。次日，我回一市，隨著一句她的「你並非我喜歡的類型呀」，我們便斷了聯繫。一切的甜言蜜語講出後，連動用的嘴都顯得骯髒，而更為可悲的是，這些話從來未能說給真正親近自己的人聽。

我並非有意扯謊，虛構和點綴著這骯髒的歷史，只不過是趁此機會表達一些我從沒有機會說出的觀念和幻想，以及與她更有戲劇性的交流，但其實，這種狼狽何嘗不是奢望，是我日夜索求的夢想。無論是情感還是本身的生活，最糟糕的不是這一過程中從未見到風順二字，不是那些與眾不同的體驗，而是所有事都是可以預料的，都是能夠透過每個人最平凡的生活片段所拼湊而成，用膝蓋也能想到的；倘若再剝奪我幻想的權利，不知這四年裡到底能夠有多少讓我去記錄，留到以後回憶。

生活的每一個時刻都如我盯著的時鐘，它的秒針，嘀嗒嘀嗒、嘀嗒又嘀嗒地度過，除了讓人知道時間，它的存在與運動都沒有任何意義與價值。就如我現在寫到這裡，連一年和他的生活我都才用隻言片語敷衍，可這整整四年，我就算想編撰，都不知究竟該如何；而就算是空想，我也都沒有扣人心弦的提綱。

有時會莫名的大笑
嘲笑世界如此小
有時會莫名的大哭
大哭自己爲什麼不大

為什麼要耗費時間和精力去尋找通往夢的方向呢？拿出紙和筆好好算一筆賬，手無寸金的我拼死拼活省吃儉用才能勉強度過，哪有什麼空閒去考慮未來的模樣。在這個自顧自的世界裡，我這種人也只有工作，也只有所謂的腳踏實地才能生存下去，要說人生的道路，還是好好為了生存而奔波吧。

但如果要說哪一個學科是最為偉大的，那當屬新聞傳播了。不像民間面對媒體的態度，很遺憾地，社會的各個階級都不曾去重視作為世界三元素的資訊；所謂權貴者，不過是調動了物質與能量來獲得更多自己能支配的財富，而如果把握住了資訊，那這些絕對是輕而易舉。媒體的行徑之所以被視為無良，正是因為他們把握並利用了別人不具有的這一點。

作為科班出身，腦海裡除了老師講授的那些老套的知識，念念不忘的就是他們自詡的新聞理想。我在媒體實習期間，曾漫出過「讓整個社會透明」「為全社會打工」「保護合法權益時的輿論引導支持」的見解，但這都是不負責的：妄圖在三權尚都不分立的社會延伸知的權利，在以物質和能量為主的人類社會中要求資訊也成為社會交互系統的支柱乃是破壞秩序的罪行。所以，在大學畢業以後，我著手開始了我的媒體工作室；此時的理想，僅僅是在我的無可奈何下讓人們發現資訊和質能同樣的絕對重要：「萬家之眸」自此開始。

「宏偉的建築、疾馳的列車、不懈工作的機器、直竄雲霄的火箭……世間綺麗數以萬計，而人們的智慧讓這個星球更加多彩與繽紛。這些就在我們身旁的奇蹟是如何疊起的，這些與我們息息相關的創造都是如何串聯的——你可能因為得到禮物而喜出望外，可能因為收穫夙夜企盼的情感而心花怒放，可能因為睡了一次好覺而笑顏逐開；但在這裡，我們給你第一次來自收穫知識與資訊的快感與喜悅，讓那些龐然大物和細枝末節都成為你的囊中之物，讓你知道一切的有與無、是與否，讓你知道所有的全部。你負責生活，我們替你知遍天下。」

「萬家之眸」以普通人的視角，闡釋著世間萬物的何、為何與如何：這個東西是怎麼生效的、是怎麼發明的、是怎麼製造的、原材料又是如何生產如何開發的等等。除卻這些既有的東西以外，新聞同樣是萬家之眸的食糧。

ㄩ市曾發生群體事件，各路媒體都爭先恐後地去報導，萬家之眸也不甘示弱，但方式卻出其不意：通過直播技術，在相關各方都進行著視頻對網路的即時傳訊，攝像機被固定在眾多角落，幾臺機動終端則依據工作室網路平臺上民眾的要求進行角度的選取，全程無一解說，只有在絕對必要時才透過字幕進行中立的陳述性表達——媒體工作者初識資訊的重要性，就自居清高，認為受眾皆是愚蠢之人，將輿論引導為己任，但事實上，只有讓人們自由地思考、評判與爭辯，才是真正有助於社會發展，和為人所接受的；媒體的唯一責任，僅僅是將人們無法及時設身處地搜集的第一手消息時，將當時的情景再現進而告之於眾。

然而，這次群體事件卻並未就此而止。躁動的人們被境外勢力所煽動，從簡單的不滿開始逐漸有了顛覆的傾向，但最終也如那些時起的運動慢慢失去了聲音。之後，傳出要修改刑法中相關分裂國家條文的消息；人們迫不及待想要知道法律的具體內容，尤其是分裂的行為當如何界定，發生時國家又會有何種應對，因之，萬家之眸便計畫對人大常委會關於此案的立法討論進行直播。

這一計畫得到眾多人的關注，卻被以國家機密的緣故打回，隨後便開始了：「希望瞭解立法過程的人們可在各地專門的放映室進行觀看，進入專門放映室必須出示身為國民的證明且不得攜帶記錄器具，必須簽署關於在法案施行前所有對外通訊受到監控的保密協議」的運動。借「萬家之眸」曾對國家權力和政治制度有全面且明瞭的介紹，使得人們能堅定地與遊走在灰色地帶的人們鬥爭。然而，這樣的承諾依舊沒有獲得那些將眾人權力握在手中的的寬容，直到工作室借助龐大的觀眾群，再度宣揚和重申法律終究是要施行的，人們也深知在人大會議上的發言不受法律追究，人大代表乃是代表廣大群眾的，這些由所有人共同決定的原則性道理，才換來一絲的進展。

人大最後沒有討論和修改相關的法案，但這次事件，讓萬家之眸出現在所有人目光聚集的地方，工作室的媒體正直收到了眾多不要求管理權的投資，工作室的實力不可同日而語。

那時吳嘉康適從ㄖ大畢業，即被國內最大的演藝公司簽約，成了優秀的演員，也實現了他兒時在大眾前不僅僅是放聲歌唱的夢想，成了當今最火的明星。人大事件以後，久違地，我在工作室樓下的停車場見到了他。

「嘿，小吉吉！」

「……吳──嘉康？你怎麼在這兒。」

「這不是來看你嘛！」說罷，便拉著我把我推上了一輛車，「有什麼重要的東西嗎，這兒？」

「什麼重要的東西？」

「我說，」他繞到駕駛座一側進入了車中，「你有沒有必須隨身帶的東西要回去拿。」

「沒有。」

「身分證帶了吧？」

「幹什麼？」我答道。

「那就行。」他扭過頭，點著了火。

我看著他正視前方的臉，五年未見，他的帥氣依舊，漏出溫柔也絲毫未減。

「大學過得怎麼樣？」他問。

「還好。」

「有女朋友了嗎？」

我看著後視鏡裡的他，扭頭轉向車窗，「沒。」

他噗嗤地笑了。

「去哪兒！」

「我不過是回來拿我的東西；還有你話怎麼還是那麼多。」

不久，車停在機場。一個多小時後，我空手地站在了ㄅ市的土地上。又是一個小時左右，我來到了嘉康所在的演藝公司。

他帶我走進了一間寬敞的辦公室。

「喂！見誰啊？我穿這樣行嗎？」緊張地。

「嗯……」他作思考狀，「其實你應該全脫了才好呢。」

原來，吳的經紀公司專門成立了一個部門，由吳負責，且只針對他的發展，並由他自行負責和安排所有的工作。

「你叫我來到底幹什麼？」

「所以，你怎麼搞起了——自媒體了？」

「這不挺好，我又喜歡，又正好擅長。」

吳抿著嘴搖了搖頭，「不是吧？」

因承認自己空虛

開始漸漸變得豐富

開始尋找源泉的方向

開始選擇生命的砝碼

大道之行也，與三代之英，丘未之逮也，而有志焉。大道之行也，天下為公。選賢與能，講信修睦，故人不獨親其親，不獨子其子，使老有所終，壯有所用，幼有所長，矜寡孤獨廢疾者，皆有所養。男有分，女有歸。貨惡其棄於地也，不必藏於己；力惡其不出於身也，不必為己。是故謀閉而不興，盜竊亂賊而不作，故外戶而不閉，是謂大同。今大道既隱，天下為家，各親其親，各子其子，貨力為己，大人世及以為禮。城郭溝池以為固，禮義以為紀；以正君臣，以篤父子，以睦兄弟，以和夫婦，以設制度，以立田裡，以賢勇知，以功為己。故謀用是作，而兵由此起。禹、湯、文、武、成王、周公，由此其選也。此六君子者，未有不謹於禮者也。以著其義，以考其信，著有過，刑仁講讓，示民有常。如有不由此者，在埶者去，眾以為殃，是謂小康。

我與嘉康以大同為志，擇「賢舉」為名，開始了平等教育計畫。平等教育計畫向所有的學生開放，凡是希望突破當前應試教育，有著別樣夢想的都可以加入。初期，藉著吳的資源，像我一樣有著未來成為歌手或是影星希望的孩子，在這裡進行著免費的藝術培訓——這是一場賭博，如果這個孩子不適合唱歌，那就教他專業的表演，如果也不適合，那麼我們就挖掘他的潛能，最後還是無果，我們也只好承擔所有的花費；但優秀的孩子們，一旦開始嶄露頭角，他們所帶來的收益將會用來彌補整個計畫的成本。一旦成本回歸，我們也不再強制讓他們為我們而工作。起初獲得免費平等教育的孩子都需要經過甄別，在系統漸漸成熟以後，能夠參與這一計畫的已經從專長或是天賦擴展到了只要有興趣就可以。

借助萬家之眸的宣傳與背書，加上粉絲對嘉康的唯命是從，慢慢地，在不到一年的時間，我們就有了來自各個行業的師資力量。

自大學畢業後的第三年，一大校長來到了我的辦公室，他希望能借助平等教育計畫，將進入娛樂圈的目標擴展到更為廣泛的學科範疇，把挖掘到的優秀的孩子們薦入學校，甚至可以走保送的途徑。

是故，ㄩ省便有了新的高校入學方式：ㄎ中的學生除了學習高考的考試科目外，還會開設一大所有專業對應的課程組。這些課程組是一大各個專業各項基礎課程的簡明課程。倘若ㄎ中學生想要報考一大的甲專業——一大開設的甲專業有課程子、丑、寅、卯——一旦他修讀了子、丑、寅、卯四個課程並且總分排名第一的，即可直接被保送至一大的甲專業。一大的所有專業都為ㄎ中預留了一個名額。ㄎ中的學生大都修讀自己喜歡專業對應的課程組，並兼修其他課程。但，無論怎樣組合都無法排名第一的，一大會依據其報考專業的課程組成績排名，在其高考成績上加分。

由於在ㄎ中開設了課程組，讓那些學有餘力的學生們提前嘗試大學的課程，而配合實施這種超前制度的，本身並非名校的一大，成為ㄎ中學子所敬仰的對象。拔尖的學生最終就算不報考一大，毅然選擇高考進入其他學府，透過課程組瞭解自己更加適合哪個專業，以及專業課程的提前學習，讓他們在別的大學裡大放光彩，更忘不了一大與ㄎ中的恩情。至於最終選擇一大的，並非都是學業相對落後的：同樣是因為課程組的開設，讓那些有堅定了自己未來的學生能夠就此而止，尤其是他們的組合成績排在前列時，他們便可以不必在高考上耗費更多精力，而可以選擇在就讀大學前學習更多的專業知識——讓一大的學生來源水準也有了質的飛躍。

此後，ㄎ中門前「ㄎ市中學」的牌匾旁，多了「一大附屬中學」的合署字樣。同樣，我也回到了ㄩ中，落實了相同的政策；借嘉康的光，ㄖ大也簽訂了合作協議。ㄩ大不甘失去屬於自己的優秀人才，也加入了聯合招生下。於此，作為一大、ㄖ大和ㄩ大附屬第一、二中學的ㄎ中和ㄩ中先是改名作ㄎ市聯合第一、第二中學，後又作ㄩ省聯合中學，在ㄎ市和ㄩ省的其他地區先後合併了各個中學，成立了ㄩ省聯中的第二、第三、第四校區。

吳嘉康在演藝圈的發展如火如荼。公司背道裡利用他的照片和視頻中所裸露出的肌膚和身體的數據，組合模擬出三維的感知圖。人們只要戴上研製出的同頻虛擬現實頭盔，就可以看見他的每一寸肌膚，並依據人們所想模擬出理想的隱私部位；甚至根據他的行為數據，與其進行互動和感知。算是高昂的價格卻也無法讓對性無限追求的人們在科技帶來的便利與滿足的面前拒絕，公司因此有了不少的收益。

意料之中的是，每日潛心使用的人們不僅有女性，還有大量的男性，而這些男性中依然也有同樣可以面對異性把玩自己器具的存在。突破性別的愛意和情慾究竟是好是壞，尚得由時間作出裁判，但作為公司的忠誠客戶來看，卻是極好的。這種規避法律風險的儀器被人們成功地運用到了其他人的身上，公司從中的獲利也為平等教育計畫和其他業務提供了絕大的支持。

以同性戀來說，縱觀歷史就有斷袖之癖和龍陽之好的存在。先不考慮民間百姓的情況難被記載，但可以發現，在以前封建思想籠罩的環境下，就有在如今超前的舉動，不難看出是因他們或是君王，或是權貴之士，其作為並不能受到民間倫理道德的制約。這種所謂反對非異性戀的底層民間倫理道德乃是出於人們對生產力的需求，亦即對繁衍後代的需求；實際上，我們可以看到，縱使在今天，將後代作為某種工具的意圖依然存在——較為落後的地區仍然為了生存而高舉異性戀是正道的旗幟，否認一切不能製造子孫後代的行為，也正是他們不斷宣傳重男輕女的觀念；而在相對發達的地區，由於物質的豐富，對於生養後代的需求不再那麼強烈，在組建家庭或是堅固的伴侶關係時，則會將符合自己擇偶對象的範圍擴大到異性以外。這種擇偶性別的擴大，讓人們愈加看清愛一個人不在乎他的性別的正確。同樣地，那些發現自己喜歡同性事實的人，為了反對世俗對他們的不公待遇，他們更願意表現自己，來證明自身的價值，來明確同性戀者並非人類毒瘤的論斷；但當人們愈加包容這些群體時，他們就更願意把重心放在讓自己過得更加美好，少了去證明自己的過程，少了那些把擇偶對象必須是單純同性，或是單純異性的限定。社會對不同性向的認可成為和人權一樣高度的議題，也導致人們樂於借助耽美文化來表現他們對社會的包容，證明他們思想的先進。這些「與眾不同」的表現和「愛就是愛」的說辭不再是批判的焦點，而成為社會進步的標杆。

借助公司之名，關於它的調查進行得十分順利——人們對公司的好感和信任，讓他們能夠更為誠實地說出自己的支持與反對，是與不是——結果也非常令人滿意地證實：相比落後地區，經濟發達地區的人對性向問題確實表現出更加開放和包容的態度；同樣，受教育程度的高低，同樣影響著人們的選擇。

先是非異性戀者對調查結果的宣揚，那些中立或反對的人，當面對這絕對基於數據的結果，並通過每組數據對應的受訪者保密編號的單向查詢找到自己以後，便無法不信服這種思想趨勢，開始接受這一團體和自己開始萌芽的想法。

這次的調查，讓賢舉公司成功進軍社會領域，而在人的問題上，也終於具有了發言權。

自聯中成立兩年後，首批進入大學府的ㄩ省聯中畢業生表現優異。他們先是有來自地區頂級師資的基礎教育，又有課程的提前學習，加之大學的保送名單被予公示，這種萬人注目的壓力讓他們不得不在學業和日常生活的言談舉止上十分小心。待到這些學生大學畢業後，嚴謹和學術的精通讓他們在各個領域都遊刃有餘，相比於學了更多的研究生，更是過之而無不及。於是ㄩ省教育廳為了防止這些屬於自己的優秀孩子花落人家，便重組了ㄩ大和省內的其他大學，為ㄩ省聯合大學。

有人批判這種來自三方的擠榨終會讓這些孩子不堪，早晚崩潰，但相比那些無法接受教育的，相比那些沒有學前知識的，相比那些不能在大學堂研學的，他們在社會中的地位以及因注目而帶來的壓力當是和其他的大學生平齊的。他們之所以過人，是因為在接受「決定他們未來」的教育前，能夠有更多的途徑去體驗每一種類型的人生。

隨著新的招生計畫的進行，從ㄎ市，到ㄩ省，乃是ㄔ省、ㄙ省、ㄍ省和ㄒ省的學生都紛紛轉學到ㄩ省聯中。上述五地的中學都要求組建成為ㄩ省聯中之協同校區，大學都要求成為ㄩ省聯大之協同校區。

將教育商品化是萬不可取的，但如果沒有將其作為市場的開發，沒有基於商品化意圖的試驗與改造，沒有競爭，就無法演變出優秀的教育系統。ㄩ省聯中以所在國家之位置，更名作ㄒㄋ聯中，在接近ㄩ、ㄔ、ㄙ、ㄍ和ㄒ省幾何中心的ㄎ市郊區成立了直徑三公里的大校區，ㄩ、ㄔ、ㄙ、ㄍ和ㄒ地的學生都聚集在這裡進行六年的中學教育。ㄩ省聯大亦更名作ㄒㄋ聯大，在ㄩ、ㄔ、ㄙ、ㄍ和ㄒ地設五大校區。ㄒㄋ聯大的生源從ㄒㄋ聯中直招，但不接收ㄩ、ㄔ、ㄙ、ㄍ和ㄒ地域之外的考生。

ㄒㄋ聯中的學生不再按照全國高校的招生考試科目進行學習，而是按照ㄒㄋ聯大廣泛開設的課程專業進行學習。哲學、經濟學、法學、教育學、文學、歷史學、理學、工學、農學、醫學、軍事學、管理學、藝術學課成為聯中學生必修的十三個學科門類課程，這些課程是入門通識課程，難度低於域外中學的水準，但廣度遠寬於域外中學。同時，學生可以依據將來希望繼續研習的學科，選修對應的預備課程組。聯大依據選修課程組的成績排名，擇優地進行專業調劑。如果聯中的學生報考域外的高等院校，則依據通識課程的成績，換算成符合聯大外入學考試科目之成績，由聯大外高校進行排名錄取。

為了讓自己的孩子受到更好的教育，富貴者不斷支援學校；經聯合教育系統畢業的學生，憑著反哺之情，為公司打開了各個領域的大門，使公司從單一的教育和科研朝向商品服務的聚合體發展。

集團透過設置客戶的唯一編號，致使用戶可以透過公司的網路平臺進行產品的回饋與個性化；這以至於客戶圈層行為再無必要，因為客戶的每思每想都被得知，集團也能夠投其所好生產適合的產品和提供相應的服務而無需考慮產能的過剩，集團本身的問題也得以由顧客發現，進而使得公司藉此改變模式，從本身迎合顧客的喜好。

在資訊化和平臺化的作用下，但凡賢舉集團涉獵的領域，同行就必將倒閉。如果要找形容賢舉產品最適合的詞，那就是價廉了。

通過賢舉的平臺，顧客可以依據自己的喜好訂製所需的產品——以一件衣服來說，任何人只要在賢舉的網路平臺上實名註冊了帳戶，就可以透過賢舉的服裝訂製功能進行自我設計。顧客通過傻瓜式的設計系統，可以以極高的互動式設計這款服裝的顏色、材質、款式，就如同揉捏橡皮泥一樣。專業的服裝設計師和系統工程師會根據顧客的「揉捏」轉化為更加精緻與專業的設計圖，使得服裝工廠依照此設計圖僅能生產出唯一的服裝。服裝工廠在拿到設計圖以後，會根據顧客設計時選用的材料進行相應的購置，並開始縫紉製作，製作完成後通過賢舉物流遞交到顧客的手上。

而賢舉的價廉，就在於顧客設計服裝時，包括布料的種類、用料的多少，染色劑、縫紉線等材料成本都已經經過即時計算顯示在設計系統中，顧客可以依據其價格減少或增加布料的用量或降低、提高它的品質。這件服裝的價格除了這材料成本以外，還包括服裝設計師、系統工程師和縫紉師的費用：如果顧客設計不出好的產品，或是在設計時草草了事，顧客就可以在服裝設計費上出價，讓眾多的服裝設計師幫忙改進；系統工程師的費用是必要的，其依據顧客服裝設計的繁簡程度由系統進行判定；而對於服裝的製作部分，則由縫紉師進行出價，由顧客選擇做與不做——當然無論價格是多少，就像我們之前所說，最終的設計一旦出圖，與其對應的服裝一定與其設計概想一模一樣，如果縫紉師做出的服裝與其有偏差，顧客就完全可以拒絕購買，而選擇來自其他縫紉師的服務——這也就導致了賢舉商品的物美。

賢舉在這一生產消費環節中，充當的僅僅是提供買者與賣者相互交流與選擇的市場維護者。買者能根據自己的需求選擇不降低品質但花費最低的供應者，賣家能根據自己的生產選擇不增加成本但盈利最高的購買者。賢舉公司沒有自己的生產雇員，所有的生產者都可以是獨立的：他們可以租賃賢舉公司的機器，在賢舉工廠完成自己的生產任務；他們也可以本身就是來自某個服裝工廠，雖說不用支付使用賢舉公司機器的費用，但勢必要為在自己的服裝廠裡生產而買單。賢舉公司從不干預任何一方的價格，在這種絕對開放的市場下，宏觀調控都是沒有必要的，任何一方都可以自行降低和提高自己的報價，而自由市場永遠會把那些試圖擾亂秩序和投機倒把的人逐出門外。

除去成本費、勞務費，這件服裝的費用還要包括賢舉公司運營平臺的維護費。和支付原料供應商與服務供應商一樣，平臺的維護費，包括縫紉者選擇使用賢舉公司機器的費用都是經過賢舉公司仔細計算過機器的購置、使用、折舊等，包括調試、組裝、維護機器的人工費用，最後平均下來的固定金額；使用賢舉公司的平臺，能夠看到使用這個平臺的所有成本來源，如果不支付它的維護費，那這個平臺就不可能進行更新，甚至不可能繼續運營下去，所以人們都無法不去支付這個費用。

如此看來，在精算下，賢舉的收支情況永遠是平衡的。這種制度實行之前，無論是誰都對此毫無信心，不要說盈利，就連回本都是該強烈質疑的，然而如今的情況也證明了這是可行的：成本的絕對透明和突破資訊隔閡的更加便利的市場讓無論哪一方都無法抗拒，雖然永遠沒有了天上掉餡餅的美事和一夜暴富的幻想，但絕對穩定的商品交換讓人們潛心搞好自己的工作，而不再去考慮於別處投機。鑒於此的感激，購買者或是販賣者，在支付賢舉公司的維護費時，都可以選擇提高價格，而這些多餘的費用就被用來支付賢舉公司固定員工的工資以及商業擴展時的資金。

顧客一方面作為這個市場的參與者，另一方面又決定著這個市場的模樣，而賢舉公司的固定員工則是綜合顧客想法做出最好解決方案的人。每個在賢舉下消費的顧客都可以對賢舉的平臺和方向提出意見，員工則負責在這些意見中中和出最好的解決方案，進而改進這個統一的市場，讓這個市場覆蓋更多的領域。在這個因商品交換才出現的社會中，為商品交換提供場所與便利的這些員工，是比那些為了控制人們行動的執政者們的公務員更加受人尊敬的存在。市場在絕對發達以後，人們完全可以專注於此，生產與消費，而只有一個人不想參與到社會中，那才有可能永遠地離開這兩個極具引力的名詞。

可當然，人在社會中，除去在市場中生活以外，同樣有其他的事需要去做，而在賢舉看來，剩下來的就唯獨是維護這個市場的存在。能破壞這個市場存在的只有兩件事，一種是有人刻意影響他人參與這個市場，另一個是不是人影響他人參與這個市場，是故，在賢舉的體系中，唯獨兩個行業是不進行維護費的收取的。

賢舉集團的法務省有集團中最多的雇員，他們不僅為集團本身的法務負責，還提供市民大眾以法律援助的服務。人們在生活中遇到了任何法律問題，都可以向法務省尋求幫助，賢舉集團也會盡最大可能在合法的途徑下協助人們解決相關的問題，而至始至終，無論是法務省抑或集團，都拒絕接收因此的酬勞。人們出於良知，則會通過購買賢舉公司的服務和商品，包括增加予集團維護費的途徑來感謝法務省的無償幫助；人們考慮到集團一層層地對此維護費的削減，以至於最終給到幫助自己的法律從業者的酬勞微乎其微，便在自己能承擔的情況下給予集團盡可能多的維護費，這遠遠甚過他們本想犒勞幫助他們的人的金額——至於執政者與普通民眾的關係，抑或是讓人們無法照舊享受賢舉集團的服務的，法務省便無需參與，因為法律永遠是人民所制定的，選擇永遠是來源於大眾的。

賢舉醫院也是同樣：賢舉集團醫療救助省和公司所有的對外費用都依據其技術和藥材的成本計算，而內部的技術、設備以及醫務人員都不收費，全都由集團補給；如果技術的研發資金足夠，醫療救助省和公司就可以使用如製作合成藥的辦法降低藥材的成本，進而減少人們的醫療費用。正如前文所說的，這種制度為眾人所知，為了繼續享受這種低價且精湛的醫術，人們都全力支持賢舉集團的其他產品和服務。

安全地活著、健康地活著、快樂地活著，是眾人最為渴求的願望，而如今，賢舉集團就已經為了前兩個目標與眾人並肩作戰；借助賢舉的力量能夠健康又安全地活著，沒有理由不去繼續和賢舉一起快樂地活著——世上沒有人能夠抗拒賢舉，抗拒賢舉的是沒有人。賢舉成為了這片土地上，所有人生老病死不可或缺的存在，所有人來到這個世界、離開這個世界，不變的永遠是賢舉的陪伴：就如同家的暖流，無論身在何處，人們永遠都會往著那一個方向——位於ㄎ市中心，高百餘米，聚集了賢舉各行各業的中心商鋪：賢舉大廈。

賢舉集團的總部賢舉大廈周圍沒有一輛機動車行駛，往來的是絡繹不絕的人們。原本的道路被步行街替代，從四周相距大廈的第一個路口潛入地下，和公共交通站點一齊相聚成為地下交通樞紐，即賢舉大廈七個區域之一。賢舉大廈的七個區域分別是：工廠區、交通區、公共區、住宿區、醫療區、辦公區和禮拜區。

交通層向下是賢舉大廈的地下工廠，負責所有的商品生產與製造，並向大廈提供能源。大廈被玻璃包裹，呈雙曲線體，它的一到十層是大廈的對外區域，從餐飲到美容直至娛樂的服務行業一應俱全，集團各公司的對外辦事部門也設置在這裡。大廈頂是直升機坪，和地下的交通樞紐共屬交通區。支撐直升機坪的是由佛寺、清真寺、禮拜堂三者平分構成的圓柱體。圓柱體往下是大廈的頂層，直至向下數的五層，是集團內部的辦公區域。

再向下數三層，是賢舉醫院。醫院層以外是架在大廈外的一圈道路圓環平面，環路通過高架，梁則通過與周圍建築相連支撐起來，和四周相距大廈的第一個路口連絡，讓人們可以驅車直達醫療層。醫院和對外區域的中間，是集團員工的住宿區，每三層有供員工活動的室內公園。

大廈的外圍是四架從東西南北圍繞著大廈螺旋形上升的自動人行道，人們可以從地面乘坐它直到頂層。大廈的正中央是連接各層的電梯群：每一層都有一個單獨直達醫院層的電梯，而普通的客梯和貨梯則只能在本區域中行駛；每一個區域的正中層是通往毗鄰區域的正中層，人們需要換乘兩次，方能前往任何他們要去的地方。——集團的人們可以在大廈裡完成一切的生活與工作，除非他們想要設身處地地前往一個地方旅行，否則他們根本不需離開這裡。

自此，賢舉公司逐漸佔領了ㄒㄢ地區的教育、娛樂、衛生，等等所有服務產業，並開始涉足自己的輕工、重工和商品經濟。

直到，賢舉佔領和壟斷了整個地區的每一個行業。

# 自立

前者以商人之身分利大眾，加上人民的支持，省委書記的推薦，我成功就任ㄩ省省長。

上任之日，我便辭去了賢舉集團的總裁職務，並立即公布資產、債務和工資情況，各銀行被要求如實公布我名下的所有資產，不得隱瞞，由全民監督收支狀況；不接受任何的贈予行為，家裡的所有財產都被ㄩ省人民政府及賢舉集團法務省公證處進行隨時的搜查，狀況同樣被公示於二者之門戶網站。

常言道，新官上任三把火。業已上任，當有所作為：

教育的改革乃是一切改革的基礎，這一點在賢舉時期就已完成。教育改革的目的是為了使將來的社會支柱更為優秀，進而保障這些支柱的制度也就必須建立：保護教育成果之任務亟需開始。——監探儀便應運而生。

監探儀與賢舉集團協同研製，和ㄩ省公安廳聯動使用。它是布署在ㄩ省街頭巷尾的監控探視攝像頭，其上附有保護公民不受侵害的鐳射武器；忙於學業的聯中學生成為它第一階段的保護目標。雖說聯中的教育改革已經成功，但在新的測量標準下的學生依舊將自己的青春大把地用於學術之中；這種奮鬥是彌足珍貴的，可總是有人妄圖破壞他們的努力，甚至是出於他們之間。那些試圖去傷害他們的，必須管控；那些無意間傷害他們的，必須制止。

ㄒㄋ聯中的學生只要身處街道之間、學校之內，監探儀便會時刻保護他們免受外界的傷害，無論是對施害者的麻醉，或是對飛來橫禍的鐳射消滅，讓那些正直的學子們都能放心，專注於學業。那些公然違反規則的學生，不僅會失去這樣的特權，更會被監探儀捕捉下他們的劣行，哪怕是多麼微小的錯誤，都會被聯中除名。監探儀便從六年級開始，逐漸覆蓋到整個聯中的學生，以及ㄒㄢ聯小，以及ㄒㄢ聯大——直至ㄩ省的每一個角落，為了ㄩ省的每一個人民。自此，監探儀被安置在了除廁所和澡堂外的所有公共場所，成為預防犯罪和司法取證的重要手段。

知識是人類最寶貴的財富，保護人民獲取知識的權利，其本質就是保護資訊積累的過程；資訊的積累離不開媒體的存在。

ㄩ省的媒體依據新聞消息的載體，分為線下媒體和線上媒體。線下媒體是指以印刷為基礎的圖片、文字傳輸媒介，線上媒體是指以網路為基礎的畫面、聲音傳輸媒介。依據新聞資訊的來源，又分為來自權力部門、政府、法院、軍隊、黨派、社團、學校、醫院和企業的宏媒體，及來自民間個人的微媒體。

線下宏媒體負責公布法案、政策、決定、命令等一切資訊，每週一匯總成為公報，印刷後免費散發予公眾。線上宏媒體一方面負責製作《ㄩ省公報》電子版，另一方面負責應用電視或廣播，來發布即時性要求極高的消息，包括緊急決定或命令、應對某一事件的表態或評論等。由於宏媒體所傳播的訊息靠法人主動提供，故在宏媒體中，僅有負責匯總各方消息、製作出版和媒介運營的媒體工作人員，沒有記者一職的存在。依據《ㄩ省新聞條例》的規定，由省和各市政府組建新聞廳局，並負責運營宏媒體：各市新聞局負責將各轄區的布告匯總收集，省新聞廳負責印製和發布。也即是說，政府新聞部門僅僅負責新聞的初級接收、匯總與發布，不負責也不得參與編輯——對消息進行選擇或修改。

新聞廳局是政府的組成部門，負責政府轄區內宏媒體的運營，而新聞部處司則仍是每個法人的下設部門，專門負責代表法人提供消息給當地新聞局的職能部門。亦即，ㄩ省新聞廳新聞處或是ㄩ省人民政府新聞部這樣的表述並不有誤。此外，由於新聞廳是省級政府的部門，它，包括所有省級法人的新聞消息，不能直接遞交新聞廳，而是像之前所稱，需要統一交至人民政府所在地政府的新聞局，再由新聞局向上彙報發布。

為了保護ㄩ省人民及法人的新聞自由，地方新聞局不具有對來源法人新聞選擇的權力——新聞廳則可以對各地新聞局提供的內容依據重要程度進行是否採用的決定——是故，當法人提供的消息涉嫌違法時，新聞廳局要遵守優先發布的原則，在同時彙報當地檢察院。新聞廳局發布來自法人提供的違法新聞資訊不被追責。當然，新聞廳局的黨組面對可能造成重大影響的，事關國家政權、社會穩定等的新聞消息時，亦可行使拒絕傳播權，但事後必須告知公眾行使此權的事實和緣由；該條新聞消息的來源可以至法院進行申訴，法院認定該條消息不是重大問題且不違法時，新聞廳局方可為其發布。

微媒體的新聞傳播始於線上。ㄩ省的每個人都可以在網站上發布新聞動態。來自政府組成的廣電廳局，和來自科班學術的，以及民間組織的三大微媒體，則會對在網站上的消息進行選取；加之微媒體具有主動性，有一系列的採編部門，這三大微媒體就可以主動進行新聞的獲取，爾後即可線上和線下進行新聞的報導和傳播。《ㄩ省新聞條例》要求微媒體——除了廣電廳局——的組建、運營和發布不得有政府部門或宏媒體的參與，包括ㄩ省人所發布新聞消息的網站，都是獨立由三大微媒體自行管理的，所以從人的發聲，到媒體的發聲，都如同《條例》所要求，不受任何人的干預。

顯然，來自省外或境外的媒體並不適用於這套制度，但ㄩ省民眾依舊可以正常使用這些媒體平臺，並藉此瞭解ㄩ省之外的消息。

新聞系統的改革來源於大眾對資訊的需求，其本質是對知的解放。首先，依據《ㄩ省新聞條例》，任何媒體不可借助其自身的力量對任何消息進行評論，也不可隱瞞或改變新聞來源的任何消息，這象徵著媒體借助持掌資訊的特別權力被完全瓦解。所有針對消息的評論，都被歸入大眾輿論的行列，人們可以根據需要在網路上發表自己的見地；若非是新聞事件的當事人，依據《條例》，任何人不能透過媒體製造事件，這打破了普通民眾和公眾人物區分的最後一堵牆。每個人在意見與觀點，新聞與資訊間的地位被徹底平等化。

第二個方面，《ㄩ省新聞條例》本身的成功引發對人權的法律保護。無論是知的權利還是言論自由，資訊交互的權利是憲法所承認的，但在立法過程中，在細化憲法確定的權利時，必定會出現各式各樣的情況，而這些基本法反而會成為最直接定義的人權的阻礙，是故，與其在立法方面大費周章，不如在司法方面進行改革。因之，ㄩ省成為第一且唯一一個援引憲法直接司法的地方；在立法方面則通過釋憲來引導法的確立與修改，程式法的立法也成為重點。

這首先的三把火讓ㄩ省其他的改革都不足為道：天賦權利被真正保護時，簡政放權就算不存在，人們也可無所謂其然，況且當這些生而為人當有的最基本的權利與社會的契約被合理重塑以後，剩下的改革就無法不順勢而為。ㄩ省人們的生活水準被無限提高，讓其他省分尤其是臨近省分的人們無比崇羨，因之，國家不得不在省上再添一級行政單位，分別是ㄏㄅ、ㄉㄅ、ㄏㄉ、ㄓㄋ、ㄒㄋ和ㄒㄅ政區；ㄒㄋ政區下轄ㄩ省、ㄔ省、ㄕ省、ㄍ省和ㄒ省。政區之元首身兼書記和首腦，稱作政區主席。ㄒㄋ政區的中央權力駐地是ㄩ省ㄎ市，立法首府是ㄔ省ㄩ市，行政首府是ㄕ省ㄔ市，司法首府是ㄍ省ㄍ市，文化與金融首府是ㄒ省ㄌ市。立法、行政、司法和文化與金融首府每年在ㄔ省、ㄕ省、ㄍ省和ㄒ省的省會城市輪換。

由於社會各領域中心的分類與輪換，讓ㄔ省、ㄕ省、ㄍ省和ㄒ省的三權和文化與金融水準得到統一發展，隨之而來的社會進步也使得四省的各個方面日趨平等，除去因文化而造成各地名稱不一以外，在ㄒㄢ政區的任何地方，人們生活的差距不再能夠被發現。

政區制度確定後，雖然沒有國家那樣多的權力，但相比省所擁有的，高出不止一截：除去執政者的統治地位從未變動以外——政府官員被要求遵循黨所提倡的全社會都當有的理想，在ㄒㄢ政區，從小到大，所有政府官員都必須遵從黨的信仰，必須擁有黨員的身分。ㄩ省、ㄔ省、ㄕ省、ㄍ省和ㄒ省之書記一職併入省長，ㄩ省省長由原ㄩ省書記擔當——立法、司法、行政都依照著民意進行變動，真正實現為人民服務。

政府官員有私心是可以理解的，但唯獨這種私心是源於所有個人的，並且是為了滿足所有人私心的作為，方是能被接受的。譬如，讓公務員們在節日時繼續加班，確實是對他們的不公，相比人人都享有的，自己辛苦付出，想從中拿取回報卻成為不可能。於是，在政區，春節這種重要的節日被劃分為兩日；幾何平分政區南北，南北兩側輪流調休，讓所有人都能在合適的時間裡和家人團聚慶祝；包括犯罪者。

由於生活水準的提高，社會保障日趨完善，人與人之間的不平等開始消除，致使每個人的精神面貌煥然一新，作惡者逐漸減少，而能被判處死刑的幾乎不再。在春節，所有的囚犯都被豁免，允許他們回到自己的家中。往後一年內，倘若他們再未作惡，便可重新回到自由社會的懷抱；如果他們沒能安定地度過一年，他們不僅要回到牢房中，還要數罪並罰，延長他們的徒刑期，且不再有豁免的機會。這種制度本是不為人接受的，但在人們理清了教育的重要性，並在發覺豁免也是一種對犯罪者的合理教育手段時，人們便都贊同了起來。人無完人，孰能無過，但錯不能一次又一次地犯：倘若有前科者在豁免一年後，或是不再有豁免權刑滿釋放的人再次犯罪，等待他們的便是政區的驅逐，永遠不得入境；他們新的案件會和以往的案件讓渡本政區以外的司法機關進行一併的重新審判數罪並罰——那往往就是死刑。

特別的，在整個政區裡，煙草種植和販賣被全面禁止；種植、生產、運輸、販賣和持有都是犯罪行為；吸食是違法行為——而吸食則必定先持有，是故吸煙比藏匿香煙要懲罰得更多一些。

政區的制度並非是最好的，所以在這裡的人們完全可以選擇其他的社會契約方式，只要離開政區，就如同吸煙者有天賦的吸煙的權利，只要他離開政區區劃，他可以為所欲為。反之，政區的人民不會有任何一絲的容忍。

## 不惑

從來沒有人能視太平於不顧，也從來沒有人以成獨裁為己願；一切改革的成功必將出於對美好未來的追求，必將源自世間萬家的擁護。

為了社會的發展而削弱大眾的權力是可以理解的，但它絕不是官僚主義合理化的說辭——所有的執政者都不當與人民大眾有任何的區別，更何況與人民為敵。執政者倘若自以為然地將自己與民眾劃分開來，不為自己本質身為群眾的事實而作考慮，不去決定和落實讓人民幸福之策，他們聲稱的美好社會遲早會成為泡影，那些喊出的口號和他們的頸也當必然擱在人民大眾的斷頭臺之下。也正是如此，才有政區今日之輝煌，才有人民對創建新的都市的支持。

我一直在懷疑我的如今，它好似命中註定般順利，又好像是如夢般的如我所願。這是因為上天因我失去我的摯愛而彌補我的嗎？但如果是這樣，我又怎麼去隱瞞願意拋棄如今所有的寧可，也不去選擇和父親與和母親，和我最親愛的夥伴一齊，而無論將來的成就與名聲，只要四口一齊，平平淡淡地一起經歷人生呢？

到了現在，這些發自內心的成就感或許能夠彌補，能夠驅逐我的遺憾，但我身邊人的遺憾，又由誰能夠彌補得了，驅逐得走呢？ㄒㄋ政區的人們從被稱以禮崩樂壞的締造者，變得到如今相見時能鞠躬彼此問好，用「貴」「請」「玉」「奉」這樣的辭彙替代了汙言穢語，不再因奇裝異服而停滯自己的目光；在眼神裡和行動上閃爍著理解與包容、同情與尊重的光芒，奮不顧身地為他人的遭遇伸出援手，願意感同身受……這是在兒時不可想像的，是那麼得令人激動與欣慰——但他們沒有，我也無法給予他們永遠健康的身體和無限豐厚的財富；就算我能夠將他們的痛苦減輕，讓他們更加如人一般地生活著，但這，還遠遠不夠。

國家主席批准了青城的建設，明天也就正式動工，我亦將跨入不惑之年，但我又對多少東西沒了疑惑了呢？少年時的夢想終算是要開始了，可依然有很長的路要走：新的一天，新的一年，新的城市。這自傳，大抵是不會再作的了——並非是不想，只不過希望能更加全身心地投入給青城，而不再敷衍了事——我這張爛紙也算是捋順了，可字總是得繼續寫的。

二十餘載，這本自傳如初生的嬰童，如今也成了人了。回顧這些文字，雖說以往忙於工作，但偶爾閒暇時也會翻閱自己以前的字跡，看看年少時的想法，回憶種種往事，不禁以淚洗面，卻也重拾初心。只可惜這樣的寫法並沒讓我自己滿意：掌政七年間僅僅用寥寥數字就概括地完完整整，就如同毫無能力的君主為自己那英明的決策自撰史冊；如果我真就寫日記，而非所謂之作傳，想必那種能回溯到準確日期的動容，更能讓我真心，更能讓我與自己坦誠相待。

也罷，該末了。結尾，以：

**後生可畏，焉知來者之不如今。**

後生可畏

# 前奏[一]

廿[二]餘⿰方厘[三]的長方形房間，四周的牆壁塗蓋著純白色的油漆。天花板上鋪成國徽模樣的二極體燈讓整個房間充滿紅黃色交融的光。房間的一頭是「ㄟ」

---

一 本作所描述的正是我們賴以生存的青城之歷史與如今。對作為一個社會之各方面的敘述，本作中有欠缺的，可以參照召吉巛先生所作之《來者如今》中關於ㄒㄢ政區的描述——也即是，除青城與ㄒㄢ政區有所不同的，才在本作中重新陳述；和ㄒㄢ政區相同的，就不作贅述。本文中所涉及的各種用語，已於青城消失的，請參閱《政區、國家與世界》系列書籍。

二 廿：外部世界常作「二十」。後文中出現的「卅」「卌」「皕」，在外部世界常作「三十」「四十」「二百」；「圩」「圓」「進」「枯」「樺」，在外部世界又作「五十」「六十」「七十」「八十」「九十」。「常作」的意義，是在指代同一事物時，外部世界既有使用和青城同樣稱呼的情況，但更多是使用「常作」後的稱呼，且兩者的含義沒有增減修改；「又作」的意義，是在指代同一事物時，外部世界罕用或不用和青城同樣的稱呼，而用「又作」後的稱呼，且兩者沒有增減修改含義。

三 **⿰方厘**：外部世界又作「平方米」。

形的桌子頂著牆壁，另一頭則放置著一把簡陋扶手椅，固定在離牆大抵一粎[四]的地方。這晚，即將踏入不惑之年的市長召吉巛先生，回到了他[五]闊別七年的賢舉公司，在他不大的辦公室裡，最後一遍校對著青城的建設計畫。

在市長先生的桌上，是近萬頁的青城建設計劃，地下散落著公司的各種文件。右邊的副桌，在先生所作的字畫上，壓滿了城市構造、交通規劃、建築設計，以及材料學、醫藥學、能源學、法哲學等等涉及社會革新的書籍。這些書，市長先生只翻閱過一遍，就早已將這它們與自己的思想結合成型了。

桌子左邊是嵌入牆體的書架，書架上擺滿了自然與人文科學的經典書籍，唯有一本深藍色封皮的文學作品——前者布滿了灰，後者的書脊都已彎曲，書沒有例外。

---

四 粎：外部世界又作「米」。

五 依據《青市規則：關於市長召吉巛先生的評價》，本作中，「他」均指市長召吉巛先生，頁也開始殘缺。右側的牆面掛著ㄒㄋ政區的地圖。桌子的正前方是凹進牆面的曲形電子螢幕，再往上是一副由「〇」形狀和貫穿它、倒寫的「Y」形狀疊成的棕色[六]標誌，與之相對的，桌後方的牆壁上便是黨徽。

先生校對完畢後，朝著桌前和桌後跪拜、禱告了一番，便走出了辦公室。

次日，也即青曆元年一月一日，聚合ㄒㄋ政區和賢舉公司全部力量的百萬人施工隊和各種工程設備集結在這沒有人煙的地方。

載著建設青城工人們的萬輛大客車，並著建築機械，趁著天空微亮，便從賢舉公司出發。客車的窗戶都被調成了墨色，自動駕駛系統也由先生一人操控，以致青城的選址究竟在何處，誰也不知道。因之，這裡沒有給市長先生慶

六 色彩定位為百卅五・〇卌五・〇〇〇。——陳方青注

生的裝飾和布置，也沒有張燈結綵的開工儀式，取而代之的是一片原始的山川與林地。施工隊在這杳無人煙的地方佇立著，等待著，迎接著這一歷史時刻的到來。

市長先生選了一個頗高的，足以讓所有人都看見他的山丘攀了上去。市長先生並沒有身著正裝，反倒是穿了一身藍色運動服；或許是遺忘了那時的工程建造都已機械化，但就算有例外，也不可能輪到他親自上場。他目光間閃爍著希望的光輝，卻暴露出隱不去的憂愁與心痛；不是那初生嬰兒的模樣，可這些飽經滄桑的痕跡很快就被藏匿在他眼中最質樸的宇宙所掩去。市長先生這對新城的期待早已突破他本有的軀體，若非緊鎖的五官開始鬆弛，臉上的皺紋更加明顯，沒人看得出這是一位年滿四十的男人。

市長先生站在這未來城市的土地上，好似面對著等待檢閱的部隊，在戰前開始一場鬥志昂揚的動員演說——但他沒有：炙熱的暑氣讓他兩鬢流淌著汗液，「開工」成為您迸發出的唯一話語。話語聲的落下，就好像英雄遲暮般壯麗，卻是融入了全人類最為美好願景的開始。

於是，青城的建造開始了。

建設隊首先以水準零點為基礎，開山鑿石出了一個平坦的，長十粁[七]又二粨[八]的正方形土地——亦稱基面——又向下挖了一個深五粁又一粨的長方體坑洞。緊接著，將已經製作好的城市壁壘下半部分，由上萬輛工程車吊裝入內。

城市壁壘是青城和國家與世界的空心球狀界限，水平分為上下兩個部分——其外半徑長五粁又一粨，內半徑長五粁；一粨厚的壁壘本身，是由當時最為

---

七 粁：外部世界又作「千米」。

八 粨：外部世界又作「百米」。

強大的武器也無法破壞的特殊材質製作而成。其中，壁壘的下半部分有著眾多的圓臺形開口，使得壁壘在放置到坑中後，人們得以通過它們向空隙部分灌注泥土，並不斷在基面上按壓。待壁壘和周圍土地的間隙填滿且固定後，將預先準備好，可以完整契合開口的楔子插入，青城的碗狀地基便建好了。

從城市的最底部——基面負五粁——到基面負兩粁是青城的核能動力室，供大量的能量予青城，用於轉換成熱能、光能、電能及可能的未來能源。基面負二粁到基面則是暫時用沙礫替代的土地。

地基完成後，建築隊又把城市壁壘的上半部分和下半部分拼接起來，使得青城以一個球體的形態和國家與世界隔絕。壁壘上半部分的內層稱作青城的頂棚，係人工天氣面，能模擬出近乎真實的太陽、雲朵、月亮與星辰，唯獨不能降雨、降雪、颱風或是出現其他不宜生活的天氣，包括極端天氣；先生認為這些氣象除了以模型作為研究的愛好，並沒有實際存在的必要。[九]這個頂棚有眾多與外界相連的通風口，但包括有害氣體在內，其他的固體、液體，都被過濾在城市之外。頂棚也會向城市發出放射線，讓人們的身體在封閉的非自然環境下得以正常地運轉。

沒有了氣候的變換，也就沒了四季的更迭，和使用基於此的曆法之必要。於是，青城的人們提出了青曆——以青城開工建設的那天作為青曆的元旦日，那年稱之為元年，往後的稱為青曆二年、三年……，之前的稱為青曆前一年、前二年……。由於青城的人們不久後就將和國家與世界斷了聯繫，加之召先生禁止青城人們進行關於宇宙的研究[一〇]，沒了星象的測量，一年三百六十五天的

九　關於青城不存在的氣象，參閱《政區、國家與世界》系列書籍。——陳方青注

一〇　「這不是固步自封：人們熱衷於對宇宙的探索——我所說的宇宙是廣義的：四方上下之宇，往古來今之宙——並美名曰這是人類基於本原的好奇——人們說宇宙是未知的，那就該知道

設置也就同樣沒有必要；但人們還是依照傳統，每年設置十二個月，每個月三十天。由於青城的曆法難以輕易轉換成國家與世界的曆法，所以在研究歷史時，青城的人們乾脆把國家與世界的曆法全部轉換為青曆——除了我們留到後面說的探訪制度。

星象是模擬的，日光以及月光，其實也就是燈所散發出來的。每天，太陽在卯正初刻二從東側升起，在酉正初刻於西邊落下；星月在酉正初刻從東側升起，在次日卯正初刻於西邊落下。

---

它不僅可以是美好的，也可能是危機重重的。與其浪費在這個問題上，還不如把我們早該解決的問題給解決。相對於宇宙之外的未知，我們本身的已知中就有很多尚未解決的問題亟待我們去費心考究。」見《政區、國家與世界》系列書籍中「人性計畫」。——陳方青注

二 卯正初刻：外部世界又作「午前六時」或「六點」。之後的「酉正初刻」，在外部世界又作「午後六時」或「十八點」。關於外部世界的時間制度，請參閱《政區、國家與世界》系列書籍。

青城透過巨大的中央空調，將城市內的溫度一直維持在廿五溫度[二三]；在市民的家中，可以根據自己的喜好和需要，透過家裝空調升高或降低室內的溫度，於是青城便沒了四季的區分。

自從城市壁壘將青城和國家與世界分離開後，施工隊便全部進入到了青城——球型壁壘的內部——施工作業。縱使建築隊已經囤積了極多的建築材料，但還是有資源匱缺的時候，所以在青城的最東側，有唯一可以通向國家與世界的大門以便物資的補充。

這扇大門，這個連接青城和國家與世界的通道，由兩個閥構成：更東邊，靠近國家與世界的稱為外閥；更西邊，靠近青城內部的稱為內閥。外閥外有重

---

二三 溫度：作為單位時，外部世界常作「攝氏度」或「度」。外部世界在使用「度」時，也可能指作為角度等的單位。關於溫度，外部世界有多種劃分方法，具體請參閱《政區、國家與世界》系列書籍。

兵把守，不讓除了運送物資的自動車輛或市長先生以外的任何人與物進入——這些運送資料是由在壁壘內部負責施工的物資領隊匯總告訴市長先生，由市長先生調度來的。運輸它們的自動車輛由市長先生負責控制，車上沒有任何人——那些在壁壘外負責守衛的官兵自壁壘合起後才到，他們中沒有人瞭解壁壘中的情況，知道且只需要知道安靜地守衛。

當物資到來時，內閥緊閉，外閥開啟，車輛進入兩閥之間的空間——也即深為一粨，和壁壘同寬的空間——站崗的軍人最多只能目睹內閥的模樣；待到運送物資的車輛全部進入後，防衛系統也即監探儀，會檢查這一空間內是否有除了市長先生外的人存在，若有，則不會進行下一步：外閥關閉內閥開啟，運送物資的車輛駛入城市之內；施工隊，以及往後的青城市民，最多也只能看見外閥的模樣。

在基面上，自其中央——亦稱基點，也即封閉城市的球心——水平地做一個半徑一又半粁的圓環軌跡，是禮路；做一個半徑三粁的圓環軌跡，是義路；將整個城市東西均分，東半邊做一個半徑四粁的半圓，西半邊取長軸八粁，短半軸三粁的橢圓的左半邊，整個環形軌跡是廉路；將整個城市東西均分，東半邊做一個半徑五粁的半圓，西半邊取長軸十粁，短半軸三粁的橢圓的左半邊，整個環形軌跡是恥路。恥路以西是海洋。

通過基點，直到東端大門的，是孝道；貫穿南北端的，是悌道——恥路以西、廉路以西和悌路構成的封閉圖形是兩片綠地。與悌道南段成六十角度[一三]，向著西南方向，直到廉路的，是忠道；與悌道北段成六十角度，向著西北方向，直到廉路的，是信道。

---

[一三] 角度：作為單位時，外部世界又作「度」。稱呼弧度時同青城一樣，不做省略。

在由悌道北段、孝道和恥路東北段圍成的扇形中，自其圓心向弧做三條四等分線，順時針地，分別是仁街、溫街、恭街；由悌道南段、孝道和恥路東南段圍成的扇形中，自其圓心向弧做三條四等分線，順時針地，分別是儉街、良街、智街；自悌道南段，向南偏西卅角度，從圓心到廉路的，是選賢街；自悌道北段，向北偏西卅度，從圓心到廉路的，是舉能街；從選賢街和義路交叉口到舉能街和義路交叉口的是市民街；由市民街中點向西直到大陸西端的是讓街。

孝、悌、忠、信道和溫、良街只能從外向內行，仁、恭、儉、智、讓、選賢和舉能街只能從內向外行；恥路和義路只能順時針行，廉路和禮路只能逆時針行。所有單行線都是四車道，從左往右分別是公交道、行車道、超車道和應急道。每個路口都是立體交叉，以至於青城不需要任何一個信號燈。在立交中，以孝、悌、忠、信道，禮、義、廉、恥路和公民街為優先順序，這些道路從地面連貫，剩餘道路與其相交的則從上方連貫。市民街是步行街，不允許車輛駛入。青城中心是大型的轉盤，連接了來往周圍的道路，稱作中環。禮路以內，稱作一環區；義路以內不含一環區的，是二環區；以此類推，又有三環區和四環區。

沿著孝道徑直向青城西端做垂直剖面，可以看見：大陸西端的東側都是水平；從大陸西端起，向下傾斜廿二又半度，直到與城市壁壘相交的，是海底面中央線；海底面中央線的終點與青城基面南、北兩端構成定圓的弧，與大路西端——海底面中線的起點——構成的平面，是海底面。海底面、基面與城市的壁壘構成的立體，是青的海洋。

行人通道設置在地下，和地鐵站連結在一起——地上的公共交通則是客車。客車和地鐵的月臺設置在每一個路口。客車的行駛路線和單行路一樣，地鐵的行駛路線則與單行路相反，而在市民街，就只有地鐵環線。

東側的三、四環區是住宅區；整個二環區是科研區。一環區是行政、文化等社會功能區。西側的三環區是工廠；四環區是綠地。

城市規劃和功能分區完畢後，工程隊就將原先作為土地的沙礫移除，在核能動力室以上鋪建管道和地鐵，然後修建道路，安造房屋。

這便是沒有任何市民以前的青城。

一年之後，也即青曆二年，青城所有基礎設施都建成了，亟待解決的便是她的人民。按照青城的發展規劃，青市將向全國徵集首批市民十萬人，所有的國家公民，無論年齡、性別、民族、學歷、宗教信仰、是否有政治權利等等，都可以申請，但他們必須簽署入城協議：絕對遵守青城的規章制度，若有違反可輕易被行刑——也正是唯一且終極的死刑。

有明確的協議文件，而文件上所說的「規章制度」卻從來都沒有公布——

縱使這樣，依舊吸引了大批的人，且不僅限於是ㄒㄢ政區的人們。申請入城的人們認為，如此偉大的領袖不可能以一生的名譽為賭注，來創造一個獨裁的城市，進而表現自己暴君的一面。但更多地，死刑犯成了這個城市市民的重要構成之一——「畢竟終歸是要死的，何嘗不多活一會兒，把握住這個機會，些許就死不了，還能過上堪比，乃至甚過ㄒㄢ政區的生活了呢」——這是給召先生的一劑定心丸，畢竟把在國家與世界本不該死去的人——同樣的行為，在他們所生活的國家與世界，法律，並不要求他們受到懲罰，而在苛刻的青城裡，就很可能就被判以死刑——置之死地，仍讓他心存餘悸。

自新的城市計畫公開以來，申請入城的人數高達近百萬人。由於計畫是在全國同時公布的，所以，按照順序，前十萬的申請者成為了青城的第一批市民。這批市民中，死刑、死緩和無期徒刑的約有一千人；以年齡計，卌歲至卅歲的占三成許，卅歲至廿歲的占四成，廿歲至十歲的占三成；以學術水準計，博士及以上的占二成左右，碩士占三成，學士占五成。

於是，在靑曆二年一月一日，千輛百座的，車窗依然被墨化的客車，在通過了靑城東側的通道後，車窗由黑色變成透明，沿著孝道駛向位於中環西側、市民街東側的市民會堂前。十萬人看著這莊嚴的大會堂，興奮且敬畏地走了進去。

「諸位靑城市民，晨好。」丁召市長對著靑城的第一批市民說，「今日起，你我乃一家人了。

「此次開城大會，我要贅述三點——諸位當遵守的、諸位當做爲的和諸位當嚮往的。然在此之前，請先容我一併開誠：

「我本是丁乃政區主席，區內福祉有目共睹。在政區內，每個人的權利在合法範圍內放至最大，足以將此地的人類發展指數提升至極值；我們本可以就此打住，繼續維護這一份平和——但是，人類社會發展至今，數千年也，物質不斷發達，科技不斷更迭，百姓生活卻只在量上有飛越進步，而質卻緩步難行。

「社會頂層的人，費心研究如何讓生活更加美好，但因作為基礎的物質不斷滿足，讓那些毫不關心社會整體的人們變得懶惰而貪婪，一派事不關己之樣：只要政府能夠填飽自己的肚子，就絕不去反抗；只要決策不會影響自己的利益，就絕不去質疑。此番輪替，就算政府之策再好，初衷再宏大，沒有作為社會基本構成的彼此全力響應和付諸行動，那也不過是紙上談兵，於事無補。

「所以，在這裡，我期待諸位能作爲美好未來的試驗和開創者，爲這個人類社會最困難的問題，爲全人類交出最佳的解決方案，來引導人們的思想與行動，當下與未來。

「國家主席同意將青城——這個新社會模式的城市計畫——設爲特轄區。

名義上的主權雖依屬我們偉大的共和國，但實際上，它已不受丁乃政區政府或是中央政府的管轄，也即是在這裡，諸位可以忘卻在你們腦海中國家和地區的各種法律法規，但同時也失去了國家賦予你們的一切權利——這在諸位簽署的入城協議上都有清楚地寫明。當然，無論如何，誰都不會因身作青城市民的你的曾經、現在或是未來怎樣，而把任何人帶離青城。

「當然，諸位中若有反悔者，依然可在結束後隨同工作人員，偉大的青城建造者們一同離開這裡。

「托總書記、中央和國家的福，在聯合國協助下，國際社會都承諾將這裡作爲特保非軍事區，就算世界大戰爆發，也不會有任何國家的軍隊進攻這裡；城外有重兵把守，我們的球型城市壁壘也能阻擋一切的外部攻擊。在這裡，你們不會有任何的外患；

「唯有內憂——」市長先生停頓了一下，「以下，乃是第一點：」

## 協奏

青城準則——「不可害眾：抑或辱之，無論殛之。」

如果把市長先生所說的話視作青的憲法，那麼解釋起來，就會有下面這些文字：

第一：絕對禁止青城人任何理由的相互傷害。

假設兩個青城市民在同一條街道上，分別從對向走來，甲先生向乙先生問好，乙先生發現了，但並沒有回應甲先生，那麼乙先生就是在傷害甲先生。再微小的，無論是生理還是精神上的傷害，只要它發生，無論是否有意，就是違反了青的準則。所以，人們在避免這些行為主觀發生的同時，還要膽戰心驚地防止這些行為非自己有意、習慣性地發生。

假設甲先生在家中不小心跌倒受了傷，但這棟建築裡的居民沒有發現，或是在甲先生前往醫院的途中，有人發現了但沒有人幫助，那麼與其有關的人們就是在傷害甲先生。如果發現一個人處在被傷害的情況下，無論多麼微小，發現卻不對他進行幫助的，或是壓根就沒發現有人處於被傷害情況下的，就違反了準則。

以上兩種情況下，如果甲先生甚至沒有注意到自己處於被傷害的境地，非上文所提的乙先生，或是非他所在建築裡的居民，或是非他前往醫院途中的市民，被其他人發現了，但是沒有舉報的，那麼同樣是在傷害甲先生。由此可見，如果一個人並非參與對另一個人的直接傷害，發現了卻不告訴的，就是對他的間接傷害，就違反了準則。

一旦有人違反了第一款，就要按第二款進行處罰：但凡傷害別人的，就要立即消滅他。

在青城的各個角落，從街道到每一幢建築，從每個人的家門口，甚至到廁所和浴室，都裝有著監探儀——比ㄒㄋ政區的機器多了消滅違法犯罪者的功能——監視著人們的一舉一動，成為上一款的保障：一旦發生上一款中所述情況的，便會配合攝像頭旁的鐳射武器一舉將其消滅。這個系統是賢舉公司成立一直研究至今，也是投入最大的工程，曾在ㄒㄋ政區使用，如今對違憲行為的判定乃是百分百準確，不會有任何一個人被誤傷，也不會有任何一個人可以逃避責任的追究。

同時，市民的自殺亦是不被容許的，因為沒有人阻止青城市民被受傷害乃是違反準則的行為，這也就是說，傷害行為的發生主體也可以是他自己——但講道理，試圖去傷害別人反而是最便捷容易的自殺方式。當然，這裡所說的自殺排除了這種情況——對於不願意給別人添麻煩，又想結束自己生命的人，當他試圖自殺時，監探儀則會使用另一種「武器」：將麻醉劑射入企圖自殺者的身體裡，讓其即刻僵硬，無法動彈；如果是借助物體自殺的，監探儀則會將那個物體消滅。

如果一個人即將撞上一個尖銳的物體，監探儀會立刻將這個物體重塑成對這個人傷害最小——亦即為〇——的模樣。可換個角度來說，無論是突然來襲企圖自殺的人，還是那些能夠對人造成傷害的物體逼近，雖然這些行為都被制止，但其造成的面對傷害、死亡的心理陰影依舊存在，這同樣是對市民的傷害。因之，監探儀除了消滅劑、麻醉劑以外，還有記憶抹除劑。

記憶抹除劑來源於政區的共感機器，一旦注入這種針劑，人們就會忘記危險到來時的一切，包括隨之引發的情感經歷。但記憶抹除劑在他人因違反而受到行刑時卻不會被使用，以保證人們對規則的敬畏與它的至上。

這些監探儀可以無死角地監控到青城的每一個角落，唯獨不能的，只有它不能判斷的情況。這就引出了第三款：間接傷害別人的人，「自視聰慧，隱瞞以陰險狡詐手段迫害他人者，乃人之極恥。」

這裡所說的間接，是指行為上不由自己親自進行，或透過把戲，致使監探儀無法直接判斷其行為是否違背準則的行動。這種行動或藉他人，或藉它物，比如引誘他人殺害別人，或是刻意設計和製造會對人造成傷害的物體；無論它的機率是多麼小，比如挑撥離間，更甚於是企圖推翻和顛覆青城的規則和社會制度的，都將被青所審判。

這些監探儀系統尚不能察覺和判斷的行為，待人們查實了，便由管理署判定。確認有罪的，會將這個人扣押，並投入大熔爐中——大熔爐位於青城中環的正下方，是通向動力室的大型管道——進行徹底的消滅，利用產生全城市能源的能量完全摧毀這個人。大熔爐的消滅被視作人類最為恥辱和黑暗的行刑方式。

正因為這樣的制度，使得初期的青城引進了一批又一批的市民。每當青城的人口少於五萬時，就會從外部世界引進新的市民。儘管新引入的市民中有半數是從ㄒㄋ聯合教育系統畢業，但五年之內依舊統共引進了九次；前五次引進的市民，都沒有活到青曆七年。

至此，青城再無其他法律，因為一旦找到並清晰地解釋了這最基本的法源，就可以輕易地得出其他的該與不該：撇開倫理道德和約定俗成的社會準則不談，人之所以為人，正是因為有明辨是非的能力，而不需要有人一直在身旁教導，或是由法律來決定當做什麼，不當做什麼，只有野蠻人才需要透過如十戒般的規定來限制自己的行為。這些陳詞濫調，在不同的時間和不同的地域，都不同地有所謂的「法律效力」——這也正是外部世界的可笑之處：認為是罪惡的，把它寫成法律條文來限制人們，這不啻宣告被限制的人乃是野蠻；不是邪惡，卻有違他們政治、宗教、意識形態意旨的，被作為法律，如果這樣的法律換不來人民的抵抗，那就是人們承認自己身為愚民。這些明確了某種行為的法律，越細越多——譬如每個人必須每天在正午時分站立著右手持玻璃杯一邊喝的毛[14]水一邊轉呼啦圈的法律要求——體現的並非是這個社會的嚴謹，而是極其低劣的智慧和開明。況且，這些社會道德和約定俗成的社會準則，如果是為了公平原則和體現真正平等的契約關係，它們的源頭也不外乎是市長先生所說的青準則，亦即為他人著想。

青城的法律，不僅在適用的人上一視同仁，在限制行為的程度上，也一視同仁：以市長先生所在國的法律來說，終結一個人的生命，依照其主觀的程度，可以有無罪開釋、過失致死和故意殺人的排序，但在青城，無論有意無意，只要他致使另一個人的生命終結，就是傷害了別人，那麼就要接受相同且唯一的刑罰；也無論是否作為，只要他有傷害另一個人的意圖，同樣也要接受

[14] 毛：外部世界又作「毫升」或「立方釐米」。

相同且唯一的刑罰——當然，這一點只有在他付諸實踐，即將做傷害別人的事之前一秒鐘才能判斷，但這僅僅一秒的時間，就足夠讓監探儀在他傷害別人前將其消滅，也只有這樣，青城的人們才能把別人的生命看得與自己的生命同樣重要，一個人也才能真正地為所有人而生活。

由於準則的要求，不讓身處險境的人們脫離苦海，所有青城的人們都將被問責，是故在建城以來，科研長期以醫療為主：青城的醫院便成為世界上最了不起的醫院。

醫院是和賢舉大廈一樣的模樣——設置在孝道與義路的交叉路口。原本是賢舉大廈的地下工廠，如今成為青城醫院的製藥科研區，公共事務區和住宿區則合併為治療區，原有的醫院則改建為手術室，向上的內務區，則成為功能區；至於原有的教堂部分，則變換為頂層花園和修養區；地下交通樞紐和直升機坪依舊。地鐵依舊在地下，但車道則升到地面；通向急救手術區的環狀交通平臺也沒有再去連接四周的路口，而是同樣以高架的形式，將醫院和讓道與市民街的路口相連；從青城頂端俯視，這條長軸四粁又五粨，短軸二粨又五粁[一五]的橢圓路線，稱作緊急快速線。路的南支從東往西行，北支從西往東行。[一六]這條路線設置的初衷，是因人們在市民會堂的言行不受青城準則的約束——人們的意見分歧時，常常在會堂裡大打出手，所以每每休會，市民們便可以通過這條緊急快速線從市民會堂的西側門，徑直前往醫院進行治療。但後來，人們發現暴力並不能提高議事效率，加上在會堂互相攻擊的人們在休會後又要無比關心自己所毆打的對象，實在是荒唐，於是，在整個青城裡，每個人都無時無處不遵守青的準則。

---

一五 粁：外部世界又作「十米」。

一六 外部世界的行車方向大多為靠右和逆時針行，參考《政區、國家與世界》系列書籍。——陳方青注在每個人的家中，被要求安裝在任何地方都能按到的緊急呼叫裝置。醫院不惜用直升機和救護車為微乎其微的小病而趕去救援；救護車和運送傷患的車輛在應急車道上也可以逆行。醫療科技的高水準讓所有人的病患幾乎都能夠解決，而靑城的每個人都被要求每個月進行一次全面的體檢，好在隱疾病發作前儘早發現以進行治療。

如果沒有從醫者的存在，人們就無法對抗疾病好專心自己的工作，所以靑城的每個人都視醫治自己的人為英雄，對從醫者十分敬仰，而醫者也非常在乎病人，照顧地無微不至。醫者與患者相敬如賓，使得人們非常願意生病呆在醫院裡，就好像過去身無分文的人願意鋌而走險在監獄裡苟活一樣。靑城的從醫者全力醫治病患，病患和家屬也都傾注全部信心；所有的醫療資料都被完整公布，病患悉知，無論有怎樣的結果，大家都能滿意地接受。

為了確保靑城的絕對共有制——在後文中會進行更詳盡的解釋——並保證

青之準則的絕對權威，監探頭被安放在各個街道、建築的每一個角落，就連廁所與浴室這種在現在看來依然極其隱私的地方也不放過。人們悉知，除非被檢舉，是不會有第二人看到他們的，但仍然會時不時擔心正有人狡詐地，或是正襟危坐兢兢業業地看著他們的一舉一動——隨著人們思想的轉變，越來越多的人們贊同將房子建設為透明牆面，畢竟這樣可以減少安裝監探頭的數量，畢竟它們的設置也要算在青城人的庫存裡；但當他們發現這著實給予醫療救援極大便利時，擔心與害羞也就不再被提及了。

在青城裡，唯一能夠不被他人知曉的，也就是一個人的思想。慶倖青城沒有所謂的思想犯罪，但這不為人知的東西往往需要被予以「矯正」和引導。

按照青的準則，只要是不引導實際作惡的思想，於青城就不會被消滅；但每個人的本性究竟是善是惡不得而知，加之人們可能擁有的心理問題——如站在高層便想向下跳躍，自殺企圖，被迫害妄想，更或是過度思考導致的腦神經紊亂——和心理醫生進行溝通就顯得非常有必要了。將變態的心理放置於常人的觀點下進行比較分析，進而疏導「病疾者」；通常，青城的心理醫生是那些非常理性，不易被煽動且閱歷豐富的人。

當一個人身處險境，他人難以察覺，或是這種危急發生於心裡和思想上危急時，為了防止無法拯救而面臨違反青之準則，青城的人們便有了自己的求援手勢——攥緊拳頭，讓第一指[一七]和第三指[一八]成環形。當人們擺出求援手勢時，捕捉到該手勢的監探頭便會發出警報，並立即向其發射麻醉劑，首先解除因心理原因而造成的危險，同時讓其不可動彈，以防止可能造成的二次傷害，直到聞聲趕來的人們將其送往醫院。

---

[一七] 第一指：外部世界常作「拇指」。

[一八] 第三指：外部世界常作「中指」。

如果一個人用諸如此類的方法消耗城市的資源以為樂趣，雖然人們不會停下對他的救助，但當人們有了充足的證據，就算他逃得過監探儀的視線，也無法不被第三條所制裁。

緊急快速線的西端不僅連接著市民會堂：在中環的西側，市民街的東側，市民會堂的南北分別是體育館。南側的體育館直到忠道的是夏季[一九]運動[二〇]場館。北側的體育館直到信道的是冬季[二一]運動[二二]場館；也只有在這裡才能看到冰雪，水上運動也在這裡進行。

---

一九　夏季：外部世界由於太陽直射點變化而致使溫度升高的時間段。參見《政區、國家與世界》系列書籍。

二〇　夏季運動：在青城所在的環境下可以獨立發展出的常規運動的統稱。

二一　冬季：外部世界由於太陽直射點變化而致使溫度降低的時間段。

二二　冬季運動：在青城所在的環境下不可獨立發展出的運動的統稱，特指冰雪條件下的運動。

體育運動，部分脫離於青的準則。在運動中，難免少不了擦碰——如果一心想著青城準則，競技精神便難以體現出來，所以在青城，運動中造成的傷害，則會依據其主觀程度，如果不是刻意的，事後握手言和即可，而若與此相反，就會受到來自競技者或是觀眾的檢舉，由管理署來進行裁判——緊急快速線使得傷患可以立即前往醫院治療。

「其二，青城乃是白手起家；中央政府會免費提供五年分足夠多的資源，包括食物與核原料，但也僅僅只能支撐五年。在此之後，就得靠你們透過科技研發，用知識與技術同他們交易以換取更多的東西。

「諸位不必擔心產權之問題，因為來到這裡後，就再也無法回去，再也沒有與外界直接溝通的機會。五年後，能夠供你們使用科技專利換取外部世界資源的時間也限制於三年；在此之後，就是真正和外界隔絕的時刻了。

「我重申，食物是足夠多的，供諸位科研用的資源也是足夠的；諸位平等，不可因誰想要多少就取多少，因爲別人也可以從這裡拿走。青城裡不再有私的東西，就決定了在青城沒有偷的概念。所以，諸位要想過得好，就且生存下去，專心爲它而鬥爭。」

消滅私有制，是國家與世界夙夜期盼的最終幻想，但在靑城，它卻得以施行。

首先，發達的生產水準，在絕對平均的情形下，已經可以解決每一個靑城人的溫飽問題——正如國家與世界一樣。但唯獨靑城沒有私有制，就在於——其次，法律不給予私有制存在的任何一絲可能，沒有對私有慾望的任何一絲容忍。人類社會在想方設法解決溫飽以後，不但沒有滿足，需求反而不斷增加。為了滿足這些不斷增長的需求，人們只好煞費苦心尋找各種資源獲取的途徑：

他們違反原有的社會規則，開始盜取搶占，謀財害命。但是，當社會資源真正共用時，社會所面臨的下一步也就勢必只有生產力的提高。共產社會和原始社會的區別僅僅在於生產力的區別，而原始社會之所以進化成帶有私有制的社會形態，是因為沒有強有力的法律禁止。積累大多數財富的人基本都把握了立法的權力，抑或說他們有制定法律的經濟基礎，這些法律不為他們服務，便是奇怪的。此外，所有宣稱消滅私有制的政府，本身就積累了大量財富，在這樣的國家裡是不可能真正消滅私有制的。但在青城，沒有人具備這樣的資格，所以消滅私有制的問題，在青城建立後，就輕而易舉地解決了，關鍵則在於，這沒有私有制的社會將如何發展。

在說青城應對有限資源所採取的措施前，先要闡明先生所說的「足夠多」的概念。所謂足夠多，僅僅是指國家或世界平均水準的十倍。以食物為例，如果國家每年人均食物量為一瓩[二三]，那麼五年提供給青城的糧食量就是五又十倍，乘以十萬的五百萬瓩。如果生產量的平均值高於消費量，以低者計算；如果世界平均水準高於國家水準，則以高者計算。

於是，再也見不到私有制的青城人，為了能將自己的生命延續到五年之後，對於資源，尤其是食物這個問題，就分成了兩派。雖說這五年如何生存尚是易事，可五年後沒有了外部的供給，他們又不知當如何繼續生存下去；科研，更甚學習，並非全部青城市民所喜愛的——正如他們來到這座城之前學歷的參差不齊。

務實的耕種派主張在資源富有時，種植盡可能多的食物並將它們儲存下來；他們不相信有強大信心和抱負的科研派能夠在五年內研發出只需水和空氣

---

二三 瓩：外部世界又作「千克」。

就能製成麵包的機器。科研派則主張積累知識並大量投入科研，試圖突破傳統的能量消耗，讓食物在青城裡盡可能地自產自銷、迴圈利用；他們同樣懷疑耕種派就算怎樣積累糧食，可以再撐過五年，或是十年後，是否也能足夠他們繼續生存。歸根結底的，就是前者擔心科研的人們不能在五年後用自己的科研成果換來外界的食物，後者則是寄希望於自己失敗後還能夠不被這些儲存糧食的人們拋棄。

兩派雖然意見不一，但其目的都是為了自己，也即青城全部的彼此能夠繼續存活下去，所以縱使他們的行為有別，也並不違反青城的準則。為了防止自己的派別被判違反準則而被消滅，也為了防止彼此為了資源致使鬥爭萌芽，作為科研區的整個二環區，西側是耕種派的領地，東側則是科研派的領地——這一使耕種派更接近水源和土地，方便於種植；二是，東側的三環區和四環區是住宅區，科研派出門科研便不必花費太多的時間在路途上。耕種派把北部的綠地作為種植區，用來開墾農田，種植糧食蔬果；南部的土地作為放牧區，用來養殖各種家禽牲畜；海岸則圈養魚蝦。

青城的所有資源都是可以大量從國家與世界引入的。水，青城擁有最深處近一粁的海，加之壁壘有將水蒸氣冷凝並將其導入海洋的功能，且也可從外部引進，它尚是不需擔心的。至於空氣，青城的壁壘有過濾空氣的裝置，只要國家與世界的空氣無窮無盡，那麼它也是不必擔心的。唯獨供植物生長所需的熱能和光能，或稱陽光，都是由核能動力室所提供的。耕種派積蓄食物的同時，要求引入大量的原料，並用眾多的電池儲存已經轉化的電能，以在五年後繼續為植物的生長提供熱能和光能。科研派則側重於人本身的營養與能量的迴圈，動植物的成長和產值，自然資源及能量的轉換和消耗。耕種派不斷為市民儲備和提供食物，未雨綢繆，科研派繼續為了突破，研發新的科技讓耕種派更好生產二者：沒有衝突，彼此的聯繫反而愈加緊密，難捨難分。

就這樣，隨著科技不斷的發展，在第三年，青城就超越了國家與世界，青城人也轉變為完全憑藉科技專利來換取來自國家與世界，青城賴以生存的資源，而不去使用國家與世界給青城免費且無窮資源的承諾；耕種派所產出的食物，也不斷向國家與世界輸送，來換取其他的資料。工業和機械化的不斷發展，使得耕種派的人越來越少，勞動力慢慢地都由全自動機器替代，他們也解放了自己的雙手，從體力勞動者轉變為腦力勞動者。

從製作高熱量食品，到壓縮食品，從濃縮藥丸，到只具備營養要素，配合味蕾刺激素，常規食物越來越小，越來越缺少它本身的味道，但越來越具有能量。五年後，也即青曆七年，隨著化工技術的發展，青城人徹底掌握了化學合成製作食物和大部分材料的技術，通過物質結構的打散和重構，從原子級開始創造食物，讓用陽光和水做麵包的夢想成為現實。至此，青城東端的通道就再沒有打開過，青城外，也就僅有「外部世界」這唯一的稱呼了。

「除此之外，青城的一切都交由諸位決定；決定它的權力就在這裡。」

狹義的法律在青城雖不存在，但其立法——社會權力的決定——的概念依舊存在。首先，青城市民的身分定性後，擁有對行政工作安排的權利也即產生，相對應的義務乃是唯一遵守青的準則。有了青的準則，人們為了繼續發展而各司其職；工作的分配傳承自政區，如果崗位的設置不再適合青城，青城的人們就會在市民大會進行更改。通常，青城的分工系統會公示各個行業當有的分工，市民依據自己的專攻進行匹配。但由於狀況總是多變的，人們便習慣於讓那些在該領域頂尖且有管理知識的人來進行即時的調度與安排。

青城的市民根據申請加入青城的順序，從〇〇〇〇一號、〇〇〇〇二號一直編排到九九九九九號、十〇〇〇〇號[二四]。由於有不斷引進和新生的市民，為了區分，則從十〇〇〇一號開始擴展編碼，首位自廿、卅、卌、圩、圓、進、枯、樺、百，直到百九九九九號[二五]。這些數字作為青城市民的身分編碼，記錄著每個人的各種資訊，也被用作各種資訊識別系統的帳號。

青城的市民一旦滿了十六歲，就可以在市民會堂的網頁上進行提議，把自己希望通過的法案上傳到市民會堂，將其原理與對應措施等附注以供他人參考。同時，一旦具有政治權利，就可以查看所有的議題，也可以進行投票。青城限制未滿十六歲市民的一定權利，尤其是政治權利；一方面是他們還不具備

---

二四 只有在表示身分編碼時，為了統一數位，十萬（一〇〇〇〇〇）才表示作十的萬（十〇〇〇〇）。——陳方青注

二五 為了方便，在擴展數閾時，只有首位的進制改變，也即，十萬〇九千九百九十九（十九九九九）後為二十萬（廿〇〇〇〇），而非十一萬（十十〇〇〇）。——陳方青注

參與政治的最低素養，另一方面是為了讓他們不去提早接觸這些東西，以更好地享受年少生活。

這並不意味著孩子們就能得到法律的特殊照顧。在監探儀的作用下，孩童們自來到這個世界後，不再有那些錯誤的標榜，也就不再有模仿為老不尊的可能，同樣就少了為幼不敬。但是，正如大人仍會犯罪，孩童同樣會有違法的可能；倘若他們按耐不住這種慾望，他們同樣要受到審判。

在外部世界，社會會因為他們的年幼與無知而予以其改過的機會——正如那些辱罵他人和試圖誅殺他人的都將遭受同等的制裁，年幼無知並不能作為免罪金牌，那樣對於年齡相同而知的程度不同的人們就是不公平的。如果有人做了錯事，該負責的不僅僅是他一個人，還應該是其他所有人的失職——外部世界只有在錯事發生後才亡羊補牢，才想起教育的重要——正因其他人也當為他的行為負責，他們就必須以失去一個未來可能優秀的人才，作為代價。只有一視同仁地讓每個違反規則的人接受了與其匹配的懲罰，他才能真正意識到這錯誤所帶來後果的嚴重，也只有如此才能藉助自己的人生給這個社會以真正的意義。

有了政治權利的青城市民，可以查看所有的議案及其內容，他們可以根據在網上的議案進行相應的修改，自己修改的版本和原議案一樣，依舊可以被表決。如果一個議案的意見分歧很大，人們可以對這個議案投討論票，好在指定的時間裡前往市民會堂進行辯論。

投票的類型有四種，前三種——支持、反對與棄權——是直接就可以在市民會堂的網頁進行的，稱為有效票。第四種是討論，亦即延議票——因議案眾多，難以將其全部提上議程，於是硬性規定自一個議案提出後的卅天內必有結果的原則——如果這個議案爭議較大，需要再三斟酌的，這便是最好的方式。

一個議案只有當贊成多於反對時——就算只多一票——才被通過，反之則被否決。當投延議票數占法定票數——議案提起時靑城年滿十六歲的人口數——三分之一時，選定當日起十五天內的一天，在市民會堂進行討論。其中，討論日的日期由所有投延議票的人決定，多數票選日即討論日。討論日確定後，投贊成和反對票的人會聚集在市民會堂主張觀點進行辯論，之後該議案繼續進行表決，同樣要求在自日起卅天內必有結果。

市民會堂位於中環西側，緊急快速線的範圍內，是一個倒置的圓臺體，下窄上寬。市民會堂只有一個廳，底部的正中央是一個圓的平面，討論的主持者，也即議案的提出者站在圓中，時不時轉向四周，好讓圍坐在周圍的人能夠看到他的面容。圍繞著中央圓的是排成環形的座椅，座椅前方是用於廣播的攝影機。座椅一排排地沿著會堂建築的邊緣向斜上安置，如同體育場的座席一般；每個座位前都有一個顯示幕，一邊顯示著主持者的影像，另一邊供與會者透過網路查閱資料。第一排也就是最底部、最接近主持者的一排，是管理署九名學科領袖的位置，通常，從第二排開始，每個「陣營」具有政治權利的市民依據學術績點的排名，自下而上地坐在對應的學科領袖身後。當與會者發言時，他無需走下座位來到底層的中央，因為顯示幕的前端同樣有攝像頭。這樣的設定讓人們覺得面對面討論問題沒有多大必要，而這種儀式感，來自視覺和心理的制衡——更具權威者坐在底部，但需要仰視上者；頂層者居高臨下，帶給下者強大的視覺壓迫——使得討論更具效率，市民會堂也得以保存至今。

為了保護少數人的聲音和組織討論者特有的權力，討論以一種特別的議事規則[二六]進行。儘管這種議事規則加強了組織者和與會者權力的不對稱性，但討論本身對議案的最終結果就沒有影響，也就是說，縱使一個人在討論會上表達了贊同的觀點，他依舊有權利去投反對票。討論的意義不在於與會者達成共

二六 參見《焉知之不》。

識，而是藉助交流，使人們能夠更加全面地看待一個問題。

當延議票占三分之一時，進入討論過程；占三分之二時，進入滯留過程：滯留至卅天後再行討論。但凡一個法案進入了討論或是滯留過程，之前的所有有效票則失效，需要再次投票。如果進入討論的次數和延期的次數之和超過五次，法案被認定為複雜法案，即進入集權表決階段。

集權表決是指自一個法案被認定為複雜法案起，在具有政治權利的人中兩兩分組，由兩人協商由誰進行投票，進而用少數人代表多數人進行投票。這也就是說，如果一項法案被認定作複雜法案，當天所有具有政治權利的人——假設是全體十萬人——需要按照編號分組：〇〇〇〇一號和〇〇〇〇二號一組，〇〇〇〇三號和〇〇〇〇四號一組……以此類推——每組的組員自行協商，讓誰代表本組進行這次投票——一般來說，為了遵守靑的準則，兩人組中第一次獲得投票權的，在第二次會放棄表決權而讓渡另一人；但這並非硬性規定。第二天，五萬人對法案進行表決，可以投贊成、反對和棄權。

只有當贊成或反對的票數大於半數，即至少為兩萬五千零一人時，這個法案才能被通過或否決。但當棄權的票數大於或等於兩萬五千人時，這個法案就被封禁半年，禁止再被提起。若是沒有一個選項的票數多於兩萬五千，則在第二天再次進行分組，由兩萬五千人在第三天在進行投票。若是依舊沒有結果，那麼第五天一萬二千五百人投票，第七天六千二百五十人，第九天三千一百二十五人，第十一天一千五百六十二人：餘一人，第十三天七百八十一人，第十五天三百九十人：餘一人，第十七天一百九十六人：加上第十一天和第十五天所剩的兩人單獨分組選出的一人。集權投票若仍未有結果，而下一輪的人數將少於百人時——亦即，第十九天是九十八人——次日則需要全體具有政治權利的市民進行再次表決，而投票的選項只有贊同和反對，只有贊同或是反對大於另一票數，法案才能通過或被否決，如果出現平票的情況，由代表投票人數繼續分組選擇代表，直到代表投票人數為單數，由最後的代表投票人數進行對法案的投票。在集權表決階段，由於程式複雜，加上青城人口數的增加，人們則開始以十萬人的集權程式——十輪集權——作為傳統，而不再大費周章，等到人數少於百人時進行全體投票。

倘若一個市民到了具有政治權的年齡，而不參與投票的，則視為違反了青的準則第三項。

所有議案，每週都會在《青城公報》[二七]上公布。

青城的立法一方面來源於市民會堂，另一方面則是援引市長先生的言行，以一種不成文的法律存在。倘若議案表決通過後有歧義產生，則以同樣的過程表決針對歧義法的解釋。關於市長先生的口頭法，它的解釋則必須以其著作、

二七　《青城公報》：內容與《ㄒㄢ政區公報》幾無區別，故不作贅述，參見召吉巛先生所著之《來者如今》和《政區、國家與世界》系列書籍。

行為或是言論作為解釋依據。

只是，司法權卻是連市長先生都沒有解決得了的問題。只有直接發生傷害別人的行為才會被監探儀所處理，而那些間接剝削，或是試圖控制他人意識來使自己獲得更多利益的行為，便只能由管理署負責判定有罪後，對其進行熔爐處罰。

按照召市長全體青城市民平等的想法，是將青的司法權和其他社會權力相統一，由全體市民決定，但如此一來，那些無意認真參與裁決的人，以及刻意不顧事實與證據而裁贓的人投票以後，無論是有罪判無罪，無罪處有罪，都是對被告人的不公；那些無意認真參與裁決的人，以及刻意不顧事實與證據而裁決的人僅僅有裁決的行動，但他們究竟是存好心還是歹心，監探儀根本無法察覺。如果因為審判的不公，又要裁決這些無意認真參與的人，以及刻意不顧事實與證據的人，那青城到頭來都是圍繞著解決一個首次審判錯誤而進行的無限司法，發展也就更不用說了。

但畢竟青城不是單純的司法試驗品，不是為了探尋人之本罪的存在。市長先生捨棄在司法方面的全民平等，改為由集權了的管理署進行——管理署是青城的最高審判者，即負責青城市民日常生活是否有違青的準則的判定。管理署由人類、生物、自然、物質、能量、資訊、自我、同類和跨域九個學科大類中最具權威的九人構成。

青城要求十五歲的青少年進入學校進行為期一年的學習。青城的市民自出生起，主要透過電子資訊系統——存儲著每個人的作品。青城沒有知識產權問題，因為誰都認為把自己的成果供他人使用是十分光榮的，且倘若不這麼做，亦是被視為違反準則的；當然，除非有人能把自己的全部創作及其知識體系保存在自己的大腦中——進行相應的學習與研究。到了十五歲，青城的人們進入學校學習，通過教師的講授和課堂的討論，引導良好的人生觀和價值觀，更好的處世能力以及獲得政治權利前公民素養的培育。通過使用電子資訊系統的學習，以及在系統上發表自己的研究成果，就能獲得相應的學術績點。

學術[二八]績點代表著青城市民在某一領域的學術能力。

青城的學科分為二十七個大類，由最基礎的三個緯度構成——對象、元素和方式。

對象分為人類、生物和自然：人類[二九]特指青城市民種[三〇]以及所有人造物

---

[二八] 學術：在本作中，學術一詞均廣義地指學業與術業，也即理論與應用。

[二九] 以外部世界的生物學分類，是指真核生物域動物界脊索動物門哺乳綱靈長目人科人屬智人種，參見《政區、國家與世界》系列書籍。——陳方青注

[三〇] 青城市民和外部世界的人類是否分離成為兩個物種不得而知，由於《政區、國家與世界》系列書籍的停撰，青城的人們都不知自青城五年後外部世界人類的模樣，但由於青城市民的不斷進化與改造，致使青城市民和外部世界人類的性狀必然有不同程度之差異，故特稱青城市民種。——陳方青注

體。生物是指除去人類以外所有生物和生命體的集合。自然是指所有非生命的和非人造體的集合。

元素分為物質、能量和資訊。物質是指不變質量不為〇的東西[三二]。能量則是相對於物質，可以通過質能方程轉換的東西[三三]。資訊則是指基於人腦認知的，可以相互轉化的質能的特徵及其獨立的運動模式。

方式分為自我、同類和跨域：自我是指單一個體，如單個人，單只犬；其主要針對該個體內部的運動。同類是指相同單一個體構成的組合體，如人類，犬類等；其主要針對組合體內部的運動；在生物和自然領域中，同類又分為同種的和異種的組合體，如同一種的生物、同一屬的生物、同一科的生物，直至

三二 關於光本身的研究，特別地屬於此類，歸於自然・物質・自我學。

三三 關於光效能的研究，特別地屬於此類，歸於自然・能量・自我學。

全體生物——自然領域亦然[三三]。跨域是指涉及人類和生物、人類和自然、生物和自然以及人類—生物—自然間的運動。

這三個維度的九個指標構成了青城的二十七個學科大類，即人類・物質・自我學[三四]、人類・物質・同類學[三五]、人類・物質・跨域學[三六]、人類・能量・自我學[三七]、人類・能量・同類學[三八]、人類・能量・跨域學[三九]、人類・資訊・自我

---

三三 理論地講，在人類領域的同類學中，也當對其進行分類，但由於青城的全體市民皆生活在同一區域，彼此之文化差異不大，故比較研究青城人沒有意義。——陳方青注

三四 人類・物質・自我學：如分子人類學。

三五 人類・物質・同類學：如密封技術學。

三六 人類・物質・跨域學：如醫學寄生蟲免疫學。

三七 人類・能量・自我學：如營養學。

三八 人類・能量・同類學：如微波技術學。

三九 人類・能量・跨域學：如核電站學。

學[40]、人類・資訊・同類學[41]、人類・資訊・跨域學[42]、生物・物質・自我學[43]、生物・物質・同類學[44]、生物・物質・跨域學[45]、生物・能量・自我學[46]、生物・能量・同類學[47]、生物・能量・跨域學[48]、生物・資訊・自我學

---

四〇 人類・資訊・自我學：如異常心理學。

四一 人類・資訊・同類學：如輿論學。

四二 人類・資訊・跨域學：如仿生學。

四三 生物・物質・自我學：如細胞生物物理學。

四四 生物・物質・同類學：如細胞遺傳學。

四五 生物・物質・跨域學：如區域生態學。

四六 生物・能量・自我學：如酶學。

四七 生物・能量・同類學：如生物能量學。

四八 生物・能量・跨域學：如比較發育生物學。

[四九]、生物・資訊・同類學[五〇]、生物・資訊・跨域學[五一]、自然・物質・自我學
[五二]、自然・物質・同類學[五三]、自然・物質・跨域學[五四]、自然・能量・自我學
[五五]、自然・能量・同類學[五六]、自然・能量・跨域學[五七]、自然・資訊・自我學

---

四九 生物・資訊・自我學：如動物生殖生物學。
五〇 生物・資訊・同類學：如昆蟲行為學。
五一 生物・資訊・跨域學：如生物資訊學。
五二 自然・物質・自我學：如中子物理學。
五三 自然・物質・同類學：如彈性力學。
五四 自然・物質・跨域學：如勘查地質學。
五五 自然・能量・自我學：如地熱學。
五六 自然・能量・同類學：如火山學。
五七 自然・能量・跨域學：如沼氣能學。

[五八]、自然・資訊・同類學[五九]、自然・資訊・跨域學[六〇]。

青城的所有學科都是自此二十七個大類向下延伸發展的。需要特別說明的是，每個學科的研究範圍不僅僅是廣義的學術，還包括對其進行「宇宙地」研究[六一]。

上述的二十七個學科，與組成青城市民所認同的，共三十個學科大類的全部知識體系，還差著三個特別的學科：單位學[六二]、宇宙學[六三、六四]和殺傷學[六五]。

---

五八 自然・資訊・自我學：如潮汐學。

五九 自然・資訊・同類學：如大氣探測學。

六〇 自然・資訊・跨域學：如防洪學。

六一 不同於市長先生限制的對於時間和空間的專門研究，此處的「宇宙」意指從時間和空間針對某一學科進行比較研究的一種方法，即歷史和地區差異層面的比較。——陳方青注

六二 單位學：如線性代數學。

六三 宇宙學：如天文動力學。

為了規範學術，方便跨專業交流，所有的科學單位以及普遍規律[六六]都由管理署進行決定和統一；單位的確立、修改和消滅都將編入當期的《青城公報》以示全民，並與外部世界相關單位的所有資訊一同彙編入《政區、國家與世界：公認道理與統一單位》中。應召吉巛市長的要求，宇宙學不得進行研究，但不說研究作為第四維度的時間之困難性，就算有人希望走捷徑去研究空間，也無法越過壁壘去真正意義上地觀測狹義的宇宙；外部世界相關宇宙迄今所有的資訊與研究都被彙編入《政區、國家與世界：宇宙》中。青城準則的要求讓人們不得進行任何傷害他人的行為——青城人將此類行為統稱作殺傷——但為了維護所有人知的權利，外部世界相關殺傷的所有資訊都被彙編入《政區、國家與世

六四 此處「宇宙」的含義和市長所說之含義相同，即四方上下與往古來今。——陳方青注
六五 殺傷學：如軍隊管理學。
六六 亦即理論基礎。——陳方青注

界：殺傷理論、工具、形式與制度及反措施》中，但在閱讀該書時，首先需要年滿十五周歲，且需要依據《靑市規則：違反準則之文獻的參閱》，在閱讀前對自己不會模仿採取任何違背靑的準則之行為進行良心宣誓，在閱讀中有不適的，可透過使用求援手勢以獲得幫助。

其中，學科大類的下分，以及科研，有一個大原則，即順序優先原則。順序優先原則中的順序是指人類—生物—自然、物質—能量—資訊、自我—同類—跨域。譬如，在討論作為生物，人類具備相同特徵的情況下，該學科當歸屬人類領域的範疇；在討論通過物理舉動傳播訊息的情況下，該學科歸屬物質領域的範疇；在討論通過個體和社會心理的情況下，該學科歸屬自我領域的範疇。

青城的學術績點分為三個層次。三級學科績點是指由二十七個學科大類下細分出的不同專業的研究程度，是學術績點的基礎，從理論和應用兩個方面，以論文、創作、製造等形式作為積分的依據。二級學科績點的對象則是二十七個學科大類，即有二十七個值；它的計算方法是求各個學科大類下屬學科學術績點之和——學科績點乃是積分制，初值為〇，沒有上限。每個學科都被科學地劃分，使各個學科沒有輕重先後。

一級學科績點以三個維度的九個基準的平均值計算。如，一級人類學科績點是由人類・物質・自我學、人類・物質・同類學、人類・物質・跨域學、人類・能量・自我學、人類・能量・同類學、人類・能量・跨域學、人類・資訊・自我學、人類・資訊・同類學與人類・資訊・跨域學九個學科大類的二級學科績點計算出的。一級學科績點體現的是青城人在某一學術維度研究的寬度、廣度和深度。

一級學科績點排名全青城市民前五位的，在每年年初由全體市民對卌五位候選人進行差額選舉，最後每個領域獲得市民票數最高的，即被認可作九大學科中的學科領袖，由他們構成管理署，任期三個月，可一直連任。如果市民對管理署的工作不滿，可以提出解散當屆管理署的議案；除去議案提出時，包括當屆管理署成員在內的九大學科績點排名前五的共卌五位，一旦聲援此提議的人數占合法票數的三分之二，那麼當屆管理署則在其任期內解散，並開始新一輪的管理署選舉，選出的人繼續完成前一屆管理署任期內的工作。如果新一輪管理署的選舉結果和解散前有一人是相同的，則由該個領域獲得市民票數第二高的進行代替。對當屆管理署的解散不能針對其中個人，而是整個屆層。每個任期內只能解散管理署一次。管理署解散後，新的管理署層被要求對前一屆管理署成員進行檢舉調查。

當人們要檢舉他人間接傷害時，可以透過網路，將被檢舉人身分和證明陳述以匿名的形式告之管理署。管理署審查所有匿名被檢舉人自十五歲[六七]以來的所有行為、言談和作品[六八]，依據檢舉人關於證據的相關陳述，當有五位，也即半數以上的管理署成員認為其間接違反準則時，才可判處其有罪。司法的審判不在於有多少人檢舉或檢舉證據的充分程度，一切都依靠管理署的調查。同樣，管理署也可以主動檢舉，在沒有人反對的情況下——即存在一票否決權——可以在沒有除管理署外的人的檢舉的情況下，進行有罪的推定。

九個學科領袖通常——被人們要求——依據自己所在學科的共同權威來進行審判的決定。具體到操作上，青城人會依據自己一級學術績點最高的那項，劃歸該學科大類之「陣營」，該「陣營」的學科領袖會根據「陣營」中的輿情

---

六七 在青城人眼中，年滿十五歲即已成年，無論是擁有參閱違反準則文獻的權利，抑或進入學校學習，都應當開始為自己的行為負責；年滿十六歲僅僅是獲得政治權利。——陳方青注

六八 也即是，青城人成年以前的作為僅被準則的第一、第二條解釋限制。——陳方青注

來決定投，抑或不投有罪票。因為特殊的績點積分規則，每個靑城人定有一個學科大類的學術績點總高於另外八個，即每個人都會被劃分到唯一確定的「陣營」——「陣營」的劃分並不代表有人要求或限制某個人必須或只能在往後的生活中專注研究這一領域，如果他的其他學術績點超過了他所在「陣營」針對的領域，他就會從這一「陣營」劃歸另一「陣營」。這些學科領域可以自行組織研討、辯論，來使司法更加全民——當然，靑城準則並不要求他們要這麼做。

這種在所有職業都平等的環境下創造階級的制度之所以一直未被取代，來源於兩個原因：一個是在社會的不斷變革下，大量的議案需要具有政治權利的市民考慮與決定，而他們同時還需要進行科學研究以及日常的生活，譬如社交、創造、享樂等等，如果還要全民一起繁瑣地討論，目睹這些兇險之事，這種反感不僅無法保證司法的正直，還剝奪了他們所剩餘的丁點時間。第二個原因是，管理署的九名學科領袖，其極高學術績點的身分就代表他們已經樂意花大量的時間進行科研，這種擺脫享樂主義的人理應更加適合全權參與這種枯燥無味的工作；加之知識擁有的不平等，青城人都認為他們進入管理署工作，是他們當有的義務。

在管理署判定後，有違則投入中環直達地下核能室的管道中，以熔爐刑作為其生存權利的剝奪。

至於社會四權的另外三個權力：

治的權力。青城擁有世界上最為強大的防禦性設施——球型壁壘以及國家的後盾——可以抵抗一切外部的人造武器攻擊和自然災害，正如先生所說，「不會有任何的外患」。在青城裡，由於青城準則的存在，就算做好了動員、軍備，妄圖統治青城其他市民的周密計畫，一旦他採取行為，監探儀就會馬上制止並將其消滅。

行政權力一方面來自經青城人共同討論出的議案，另一方面來自科班且兼備管理學知識者的意見。

青城人行的權力始終服務於全體青城，財富積累乃是以科研的方法，來專注解決資源有限的青城內部的物質能量的相互轉化。此外，以科研結果同外部世界交換來的材料，被放置於青城地鐵和管道之下，動力室以上的巨大地下倉庫。

至於青城內部，人們以自己的能力來換取社會的進步，其導致社會環境的變革成為個人付出的補償。基於資源的有限，人們沒有去生產毫無必要的物品，而是傾向於把更多的功能聚合在一件物上，或是把使用較少的東西只制一件，好讓全體市民共同使用。

由於青城沒有私的概念，生活必需品的範圍也便縮小到了只剩食物。至於其他物品，如果一個人使用，另一個人也需要使用時，他完全可以把前者的拿來使用——因為準則允許，而前者也可以再次把後者拿來的再拿去——因為準則允許，就這樣進入無限的迴圈狀態，都是準則所允許的。但是，如果一方有切實需求，並且告知了另一方，兩方都沒有更好解決辦法但另一方首先搶奪的，則被視為違反準則。

以上兩點，讓物質和能量學、材料和結構學與醫藥和治療學三者齊驅，成為青城發展最快的學科。

其中特別的，為了限制管理署的行為，監督權，則通過獨立運營的網路進行。透過它，人們能更好地在行使解散管理署這一權利時統一意見。

動的權力理所當然地由全體青城人共同行使。青城人思考自由，但言語和行動有限自由。

青城人的思想自由不難理解，如果一個人懷有想法，只要他不表達或表現出來，沒有人能夠知道，亦無法來限制。同樣，就如在上文中所提到的，青城沒有思想犯一說。

關於言論自由，它本是天賦權力，每個人都有能力行使。每個人所說出的言論，就算是針對城市制度的，都不被予以追究。只要它獨特的制度不是以傷害他人為目的的，諸如為了留予後代資源而要求消滅一部分人的權益，甚至是生命的，則不被視作違反準則；人們在表達這樣的想法時，只需要在之前聲明，並重申該制度不是為了傷害他人而設計的，只不過在他的考慮裡還沒有形成能夠既達成目的，又不傷害任何人的解決方案——講出髒話，就會被監控儀所消滅；話裡有話或雙關的，則會被檢舉。

行動的自由，只有實際發生傷害別人的，才會被監控儀制裁。

「諸位謹記，子子輩輩生活在這裡的你們，不僅要活著，更要生活著。

「諸位務必清楚，倘若青城的發展不如諸位原有的生活，不要去怪罪任何人，因為選擇簽下入城協議來到這裡的，讓青城發展成怎樣的，都是諸位自己。相比生在哪方土地就是哪方人的限制，有對不同生活的選擇，當是十足的特權。

「諸位務必清楚，倘若青城的發展甚過諸位原有的生活，不要去責怪諸位的國，如果沒有她，就沒有原先的平和與溫飽，也就沒有了青城存在的可能。不要嘲笑她在你們眼中的愚昧與無知，膽小與軟弱——在青城更加努力地活著，向她證明這是將是更好的模樣，來抗爭她的落後，引領她的昌盛。

「當諸位遇見新的困難時，不要自暴自棄，要回顧自己的信仰，要相信我們既已有如此的成就，沒有什麼是我們所不能再攜手突破的；每當諸位因突破它們而喜悅自滿時，不要忘記外面的人還遭受著苦痛——世人都在矚目，盼望著諸位在這有限的地方不僅能生存下去，還能綻放出人性的光輝。

「諸位可以放任你們的信仰，但一定要記住一點：一旦諸位攜起雙手，必能創造和實現人類最美好的明天。」

在市民會堂前，亦即中環上，豎立著一座高七十七粎的巨型雕像。祂一身上下是灰色，有如人般的輪廓，卻沒有具體的面容。所有青城的人，信神的，不信神的，信不同神的，都以這雕像為象徵，有所依賴，在一無所有時，能有祂永恆的依靠。祂面對著西邊，讓在東邊的住民們日夜能被祂所帶領。

在市民會堂的東側門前是一塊三角形的朝覲區域，悲痛的人們，醫藥無救的人們，面對著技術困難卻不能攻克的人們，會在這裡祈求神明賜予奇蹟的發生。人們的祈禱模樣從不相同，就如同每個人生和活的獨特，卻永遠被祂所庇護於這一片土地之上：有人伏倒在地，有人挺直身子，有人雙目放光，有人緊鎖眉頭。

# 圓舞[69]

青曆十三年元旦是青城人最難以忘記的一天。

是日，五十又二的市長召吉巛先生，崩。

是日，監探儀的消滅對象不可是人的議案被通過；人們相信彼此都能完全恪守青的準則，它只能用來消滅可能傷害到人的物，並充當檢舉系統的取證工具。

是日，青城的人們完全掌握了生命的奧義：人們可以長生不老，可以改變自己的生理結構，可以讓自己不再受傷，可以不再生病……而它的標誌，正是

---

六九 從前文即可看出，陳冊民所撰青城之史，並非完全按照時間順序。本章起筆雖說是青曆十三年元旦日，但後文依舊有對青曆十三年前的敘述，且未做標明。有興趣的讀者可參閱《青城公報》，對應相關的決議以確認時間。——陳方青注

清理盒的成功研製。

清理盒的誕生源於一位學者對完美髮型的追求，他不滿理髮師不能將每一根頭髮都修剪齊長的技術，便自作主張發明了一個理髮頭盔。人們在帶上這個頭盔以後，頭盔會給頭皮通入安全的電流，讓頭髮徑直豎起；頭盔從頭皮開始測量，到人們希望留下的長度處為止，發射鐳射，讓每一根頭髮都達到精確的預設長度值。

隨後，理髮頭盔有了更多個性化髮型設計和修剪的功能，它的用途也開始被用於身體的其他部位，比如處理毛髮和皮膚上的汙垢和角質。鐳射從多條單向發射，變成了網狀的雙向發射，最後逐漸發展成可以精準而安全地針對性破壞細胞結構的覆膜。

隨著人們對身體結構更加深入的理解，清理頭盔又增添了修復的功能，且體型愈加龐大，大到一個三玕[七〇]左右的封閉盒子。人們提前設置好參數，進入啟動後，盒子上方就會降下一個水準的覆膜。這個水準覆膜有兩層，一層是吸附層，它可以把人們頭髮的多餘部分、臉上的痤瘡、咽喉裡的痰、身體堵塞的血痂、多餘的肉與痣、腫瘤，一一吸附並向下推進；一層是修復層，它用於連接和修復去除部分，以及因多餘雜質向下推進所造成損害部分的肌肉、血管與神經——它同時也擁有整形的功能，譬如種植毛髮、矯正骨骼、塑形肌肉，等等。因為這層清理網極其細小，人的神經難以產生刺激，且穿過後會對皮肉器官進行修復，所以人們在清理時不會產生任何的感覺，事後也沒有不適。被覆膜過濾掉的人體殘渣，會通過連接每個家庭的管道，流入城市底部的熔爐進行消除。

---

七〇 玕：外部世界又作「千升」或「立方米」。

變得十分乾淨的青城人非常得愛美。他們又加以研究，讓清理網不僅有吸附和修復的功能，還能改造人體：人的毛髮可以根據設定，在膜通過後變得捲曲，變得筆直，或是變成其他顏色；人的雙眼也不再近視，五官對稱且標誌，潔白的牙齒整整齊齊；膚色或是聖潔的白色，或是古樸的黃色，亦是典雅的黑色——人們的身上不再有疾病與贅餘，健康且秀美。

早在市民引進大會上，市長就告誡所有青城市民，青城有五年免費獲取外部食物及資源的時間，之後只能靠市民的科研成果換取外部的交易，但不到三年，青城市民的科技就發展到利用植物和微生物製作美食的水準了。再往後五年左右，透過科技，人們被改造得不會生病，也不會因為磕碰而造成外傷，醫院也因此被改造成了博物館。

幾年前為了解決青城市民生存的耕種派退耕還林，並將三環西側的工業區改造成自然環境。他們利用科研派的專利，像諾亞一樣，從外部世界引入了各種生物一公一母，一雌一雄：水生動植物全部置於海洋，陸生則置於西側的三四環內；兩個區域正上方直到頂棚，是供鳥類活動的空間。藉助發達的科技，青城人控制生物繁殖後的種群維持在足夠的數量，也讓它們可以適應這裡的環境——就像深海魚一樣可以適應千米深的海洋——馴化，讓他們不會攻擊市民，也不會冒然離開這裡。市民可以隨意進出，也不會傷害任何生物。寵物這一概念雖然存在，但在青城裡存在的形式又不大一樣：一方面是除了自然區外，不可有人以外的生物進入，所以人們的寵物都被「寄養」在自然區裡；另一方面是青城人不可能有屬於自己的寵物，因為這些生物都是屬於全體青城人的。人們常常進入自然區和其他生物一同嬉戲：由於沒有了獵食這一概念，各種生物之間的畏懼和欺壓都漸漸消失，和諧共處在他們的樂園。

自此，人們不再食用起彼此——動物——的肉，好似又回到了伊甸園。綠地上是各類的動植物，所有在外部世界已經滅絕了的，也被生物水準相當高的青城人再一次復活了。在海中，在空中，都是各種各樣的古今生物；它們全都被改造成了只食植物。

直到所有生物都開始食用合成食物，食物鏈便在青城得到徹底統一。但如果連味蕾都失去，那生活也太沒有色彩了，所以人們為那些能夠品嘗出味道的動物研製出不同口味的合成食物，並依據他們的喜好調整各種口味製作的比例；就算是動物們最不愛吃的那種，也至少製作一件，好滿足他們什麼時候突然改變口味的需求——如今，人們不僅關愛身為同類的彼此，更用自己崇高的人文精神普愛著眾生。

科技的進步讓青城的第一、第二產業完全地衰敗，第三產業，或稱由每一個青城人構建的人文環境，成為每個人的著力點，使得青城如市長先生所說，開始著手探究在資源富餘的情況下，人類社會的理想制度，以及每個人的自我實現。

青城人體現自我實現的途徑有三種：一種是透過電子資訊系統，一種是透過博物館，一種是透過演繹堂。

青城的網路主要有四個功能：一個是政務系統，它和市民會堂一樣，是青城人行使治的權力和法的權力之處；市民通過政務系統進行提議的說明，在市民會談進行提議的辯論——正如前文所說，討論的環節必須在市民會堂進行，政務系統可以即時觀看討論現場，但無法發表意見——後再於政務系統進行提議的表決。其二是社交系統，是市民不見面時所用的通訊手段，因為沒有了私有制，沒了隱私，所以通過網路社交系統，青城的人們可以輕易地和生存在青城的每一個人進行交流；市民可以透過它進行彼此間的即時溝通，也可以透過它把自己的生活、經歷和情感發表在更加廣闊的平臺之上。其三就是由社交系統延伸出的，青城人專門用於分享自己研究成果、作品和教學的學術系統。前三個系統必須透過身分編碼登入，而第四個檢舉系統則不需要；關於檢舉系統的功用，可以參閱前文關於管理署的介紹，這裡要提的是，由於青城的檢舉具有匿名性，所以當市民進行檢舉時，需要佩戴上檢舉眼鏡——眼鏡將人的眼部全部遮擋，檢舉人通過瞳孔的轉動，來進行檢舉系統的操作，而系統只記錄被檢舉人的資訊，是故沒有任何人能夠追查到究竟是誰檢舉了誰。

青城人將自己的研究成果毫無保留地發布在學術系統之上以供他人進行學習和完善。學術系統很大程度地作為相關議案的立場依據，加之倘若市民想要競爭——青城鼓勵善的競爭，但以是否破壞青的準則為界——管理署的席位，就必須透過在其上發表自己的作品來掙取學術績點。

青城網路的載體有很多種，不僅限於工作和計算的電腦，可隨身攜帶的移動電話，在包括傢俱、隨身配件、公共設施，都可以實現三大功能的完整使用或部分功能。比如，一些桌子，不僅可以用來擺放物品，還可以透過桌上的電子屏，在做一件事的同時進行議案的投票或為別人的作品進行修改；客車站牌可以和朋友的視頻通話……無論這個設備是屬於自己的還是屬於公共的，只要在使用前輸入自己的身分編碼，即可以自己的身分進行政治參與和溝通交際。市民的帳戶沒有密碼，他人冒用別人的身分編碼進行任何的操作，除非經過特別允許，都被視作侵犯人權的行徑，乃是違反準則之事。

在這裡需要補充的是，雖然私有制在青城裡已被消滅，所有物品都歸大眾所有，但人們還是習慣於把自己家中的或是被自己長期使用的「私人物件」稱作自己的。這些「私人物件」自製造出，任市民領取後，縱使別人也可以輕易取走這些「屬於他人」的「私人物件」，但出於方便，以及市民會對這些物件產生情感的考慮，奪取他人「私人物件」的行為，是被青城市民認作是違反準則的。

在成果必須或是值得以實際形態進行展示的時候，青城的人們就會將它製作出來，統一擺放至博物館。博物館是在青城人絕對健康之後，由不再運作的醫院改造而成的——在人們突破了生命的難題以後，這種不違反準則的「懶惰」讓人們停下所有進一步的研究，這其中正有來源於人性計畫的影響——博物館用於陳列有關市長先生的東西，如《來者如今》的手稿、辦公和生活用品等等，以及所有和青城過去、如今和未來有關的，具有紀念意義的東西。

如果一個人希望自己的創造能夠被量產，或用於整個城市，那麼他就必須將其製造並擺放在博物館，然後，以議案的形式，附上這個作品的設計、功用等細節，以便其他人的考量。通過市民們的同意後，它就可以按照議案中的陳述，進行量產和安置了；當然，這無論此創作是實用性的，還是裝飾性的。

除了將自己的創意文字化和具象化，青城的人們還可以選擇將它演繹出來，比如歌唱、演奏、戲劇、電影、舞蹈等等。青城人可以在任何地方進行這些藝術的展出，沒有人能阻止他們，人們也都願意鼎力支持。當然，進行這些藝術演出的人們在排練、製作或實際表演時，都會考慮諸如時間、地點等因素是否會影響到他人，因為這正是青城準則所要求的。至於這些藝術品的內容，則從動權力中的思想自由延伸出來，不為青城準則所束縛。

人們不會迂腐地留戀於對自己創作成就的無限欣賞和自我享受，把它們分享出去並允許他人的再創作，是對他們以及創作本身的最大褒獎。為了能更好展現他們的創造，青城的人們在城市頂棚向下五粨處修建了由光屏包裹著的演繹廳，好減少影響地上的人獸、海裡的魚、空中飛禽的聲音。在地面上的人們向頂棚看去，是由演藝廳光屏顯示出的時鐘盤。自從醫院消失以後，曾經在青城空中飛行的救援直升機現在也消失了，所有地上的空間都可以任由鳥類使用；人們認為，對於演繹廳的修建減少了飛鳥的活動空間，這樣的交換尚是可以接受的。

為了能夠到達四粁五粨處的演繹廳，青城的人們沿著悌路的南北兩端，在壁壘上修建了兩條環形的軌道，軌道上掛載著幾十輛梯列車。梯列車就如同地鐵一樣，只不過是在壁壘上運行；它是環形線，分別從演繹廳和悌路與壁壘交界處發車。梯列類似於一個裝箱，可以加塞大件的貨物，也可以搭載眾多的市民。由於它是懸掛著而非貼合壁壘運行，所以無需擔心由於壁壘是弧形和重力的作用，致使人們跌倒的情況。當市民需要進行演出時，只需在網路中的學術系統進行預約，就可以進行排練和正式演出的使用了。

隨著梯列的發明和高空作業技術的發展，青城的人們也逐漸將住房從東三、四環區遷移到青城東側的壁壘上。人們的房子如同玉米粒一般鑲嵌在青城的球形壁壘上——每個人都能透過玻璃牆壁看遍整個青城。原來作為住宅區的東三、四環區，和作為陸生動植物的西三、四環區合併，一併留給動植物以生存。於此，除去地表和演繹廳，青城以基點為球心，半徑三粁的球外，都是生物的棲息空間了。原有的建築被拆除，改造為山谷、叢林、草原、湖泊——道路被改為沙石路，供管理自然區的車輛行駛；客車線路被降至地下，地鐵則改為海拔[七一][七二]五十粎的高架軌道，好讓最高的生物也能從下方通過。所有生物都和青城市民一樣享受著這份和諧與平等。

至此，青城所有的交通工具，僅有基於地表的普通汽車、有軌或無軌公共交通，以及梯列。在空中和海裡，除了研究和施工必須使用的舟楫與航器，沒有供市民普遍使用交通工具，畢竟在僅有的空間裡和魚鳥爭奪空間是不好的。除去運送人的交通工具，青城的管道運輸也格外發達。青城自從實現自給自足以後，物聯網工程也完美地運行著。青城建立初，人們需要食物、物品

七一 海拔：與海面——基面——的相對高度。

七二 由於青城與外部世界隔絕，無法得知外部世界之海拔高度，故特指此。——陳方青注

時，需要親自前往西側工業區的城市倉庫進行「採購」。在連接工廠和市民家中或各個地點，交錯地埋在地下，繁雜的運輸管道建成後，尤其是工業完全資訊化後，人們只需要通過網路選擇或者做好食物或物品的設計，工廠就會按照設計進行生產，投送到對應的管道中運往每個人的家裡，而無需人們親自前往工廠取得或製造。當然，較龐大的物件確實需要運送部分材料到指定地點進行拼裝，但拼裝機器人會完成所有工作，人們依舊不需要親手操作。

說到拼裝機器人，除了工廠流水線的製造機器外，進行類似人行為的機器，在青城只有三種：一是拼裝機器人，二是建築機器人，三是清潔機器人。依照人性計畫，它們都不具有思考的能力，一切都需要人為輸入指令，否則就不能運作。其他的工作，就都需要人們親自參與。

有了機器人，那為了勞動力而繁衍後代的目的也就不再了。是故，市民們一直爭論不休的話題，對於有同性戀情結的靑城人是否有義務為靑城帶來後代，也終於解決。

青城的人們祝福，並為所有性向的人的權益所鬥爭；愈加開明的他們發現，在他們周圍同樣優秀的人們，能作為好的伴侶的，並非只有異性。他們贊同每一個人類個體都由女性的一部分和男性的一部分組成，只不過是孰多孰少和在生理上表現哪一種性別的問題而已；他們漸漸明白通過絕對的生理上的男性和女性進行性別的劃分，都是對偏女性化的男性和偏男性化的女性不尊重的刻板印象，縱使這樣會降低新生率。

縱使非異性戀群體在青城是視為和異性戀同等地位的存在，但一「夫」一「妻」制仍被暫且保留。起初，為了解決同性和異性的生育不平等問題，青城的人們研發出透過提取兩人的細胞，進行染色體組的拆分，讓就算性別相同的兩人各一條的染色體彼此交叉盤旋，相互反應作用，成為一顆完整的細胞，然後將這枚細胞放置於人培養皿中進行發育和生長。人培養皿是在解決異性之間某一方不具生育能力和生育時過於疼痛問題而創造的技術發明，它可以無需母體的環境，直接在器皿中補充人體所需營養，半年即可培養出一個嬰兒。新生兒在發育成人後，回歸自己的家庭，直到適齡進入學校生活；也就在此時，性交失去了除了滿足人生理上愉悅的任何功能。

既然社會結構中的氏族已經淡化甚至徹底消滅，那家庭這一層為何不能被消滅呢？愈加注重個體概念的青城人，開始進行兩人染色體的隨機組合繁殖計畫。家庭結構被打破，依賴私有制的伴侶關係被終結，人們認同每個人都應當是彼此的愛人。於是，每個人被分配自己獨有的房屋，生育系統抽取每個人的染色體進行組合培養，出生的新生兒，會分配給隨機一位卅歲的青城人進行撫養和教育。

自從青城的人們掌握了生命的奧義後，就再沒有人去世，而自計畫繁殖落實後，青城的人口數量更是只增不減。為了解決人口問題和節約有限的資源，青城人在不惑之年當自行毀滅的決定以一票之差獲得通過。青城人適齡毀滅之方式，以之前提到的清理盒進行：人們到了卌歲後，就當於正午時分進入安置在中環神之雕像內的清理盒，進行自我毀滅。如果人們適齡沒有主動進行自我毀滅，則會被監探儀所消滅——當然，縱使如此，就像之前所說的，自十三年一月一日起，青城監探儀的消滅功能未再運行過了。

與家用清理盒不同，自我毀滅的人們進入後，雕像內的清理盒會從上下左右前後六個方向發射過濾網。由於雕像內清理盒的設置乃是不讓任何機構通過，所以自我毀滅的人們在沒有痛苦的情況下，被壓縮成一個一兝大小的物質塊。青城人被壓縮成物質塊後，清理盒會在物質塊表面覆蓋上同青城壁壘一樣，變形係數為〇的材質，以限制由於高密度而引發的膨脹。

這些曾經是青城人的高密度物質塊，會被按照編碼順序，統一嵌到青城之西，海面以上的青城壁壘上。那些在自我毀滅制度確定之前的人們，包括被監探儀或是熔爐消滅掉的青城人，會以他們生前使用過的物品為代替，壓縮後同樣嵌入壁壘之上。

雕像內的清理盒是自適齡毀滅議案通過後安置的，其目的一方面是代表尚未年滿毀滅之齡的其他市民，向為了將資源留予後代而自我毀滅的人們致以崇高的敬意，另一方面則是讓那些自我毀滅的人們在這一殊榮下能夠得到慰藉，勇敢而堅定地完成這一神聖的使命。同樣也只有在此時，祭奠才在青城真正的施行。

在新生兒計畫啟動後，為了提升殯葬的儀式性，青城統一在元旦日誕生新的市民，並在每年的第一天，一月一日後，多設一日，即[redacted]日[73]，統一作為當年年滿卅歲的毀滅日；這樣，計畫出生的青城人就能整好在青城存活滿卅年。

---

七三 [redacted]日作日期時，不稱月份，即以青曆某年[redacted]日之形式。——陳方青注

[redacted]日不同於其他的日子，一天只有十個小時[七四]。每年的一月一日晚，青城的人們都會設置睡床——控制人的入睡和清醒，在夜晚檢測人體指標並像清理盒一樣為人們進行健康修復和營養補充。其入睡和清醒功能能讓人們設定時間後，立即進入深睡眠狀態，清醒也能讓人不留困意；當然，為了防止意外發生，人們入睡後，還是可以被他人叫醒——的叫醒時間為[redacted]日甲時，而即將在明日自我毀滅的，則不會在前一晚入眠。

這些年滿卌歲的人們在一月一日，會按照他們日常的生活，參政、研學、交往，只會在黑幕降臨時，才趁著夜色，抓緊完成自己最後的或是研究，或是創作，來彌補過去虛度的光陰。同樣，他們也會在這最後一夜向自己的好友留

---

七四　僅在[redacted]日，以甲、乙、丙、丁、戊、己、庚、辛、壬、癸計時，而不使用小時或大時計；縱使[redacted]日時的長度等同於小時的長度。不同於外部世界，青城使用小時制時，只採用十二小時制，以午前和午後區分。後文中所提之甲時，自元旦日之子正初刻，即午前〇時正起。——陳方青注

言，表達自己一切的難言之隱。

到了[redacted]日，好像從城市頂端向下噴上了漆，青城裡的建築與街道都被調置成了一片雪白。唯獨有色彩的，不外乎是中環雕像後通往其內清理盒的青紅[七五、七六]大門[七七]，道路上用來區分公車線路的彩色標牌，指示網路終端機器的彩色標識，透過玻璃窗露出的建築物內部裝飾，身著黑和青紅色的青城人們，以及西面壁壘上變換的螢幕。

每到[redacted]日，青城西面的壁壘上，會輪流播放年滿卌歲，即將離去的青城人的資訊。有他們一生的作品名錄，成為實體的創作，他們笑時被監探儀錄製或

---

七五 青紅：青城的代表紅色，色彩定位為皕圩五・〇卌五・〇卌五。色彩定位在外部世界可等同於紅—綠—藍色彩模式值，同樣參見《政區、國家與世界》系列書籍。

七六 只有在特指召吉巛先生所建之都市時，「ㄑㄧㄥ」才作「青」：一說為他取「情」之旁，去其「心」部，以警市民。——陳方青注

七七 在平常，這扇大門和雕像一樣呈白色，只有在[redacted]日才會被設置為青紅色。——陳方青注

拍攝下來的影片或相片、他們交談時的聲音等等——用笑貌永存，音容宛在來把他們與青城人的悲痛轉化為無限大的驕傲。那些整日虛度時光，沒有對城市有任何貢獻的人們，影像的空缺便是對他們最大的羞辱。

著純黑色長袍的青城人和著青紅色長袍即將離去的青城人，會在[redacted]日起始時前往演繹廳，在最後的時刻做最後的交談。黑色長袍的人們會主動親吻、擁抱，或是在青紅長袍人的身上附上屬於自己的象徵，好讓這些青紅長袍的人成為物質塊後還有自己的痕跡，以證明他們之間的情誼。屬於每個青紅長袍人的人生展示有五分鐘，一個接一個，演繹廳裡的哭聲也此起彼伏。等到所有人的人生展示結束後，供黑色長袍和他們相處的時間也就開始倒計時了。

和友人的告白結束後，他們會由全部的青城人一同陪伴，再一次見證他們在青城所經歷的一切：身著黑色長袍和青紅長袍的人們乘坐梯列從演繹廳，一齊來到供給曾經稚嫩青城物資的東部通道。他們從那裡開始，進入自然區，逆時針地向悌道和廉路的交叉口走去，路線呈螺旋形收斂，來與和他們共呼吸的其他生物作告別。隨後，他們又一同沿著廉路向大陸西端行去，目睹他們曾經經歷的，為了度過沒有資源時期，分裂出的耕種派所開墾出的農田，和萬物之源的海洋。再往後，他們又一齊從大路西端的地鐵站，乘坐地鐵，沿著義路抵達青城博物館，那個治癒青城人的神聖和彙聚青城人智慧之地。爾後，人們又乘坐客車往返經過整條緊急快速線。

結束了此起彼伏的哭聲，又經歷了一路的回憶與感慨，青城的人們站在孝道和義路的路口，開始沿著孝道朝中環徑直走去。三粁路途的終點，是著青紅色長袍的人從白色中的黑色中走出，在人群前並排著、帶領著、前進著，純黑色長袍的人們以整齊的步伐在跟後緊隨著。人們攜起身旁人的手，一路上沒有一絲聲音擅自發出。著黑色的青城人面前，是青紅色人的背影，是已然顯示青紅色人正面即時影像的青城壁壘。這一刻沒有工廠生產的聲音，沒有交通運輸的動靜，只有逐漸清楚的、化為統一的步伐，直到人們的面前是巨大的塑像。

人們走到中環時，停下了腳步；青城壁壘慢慢暗下，整個城市沒有一點聲與光。剎那，青城西邊的壁壘在黑底上出現明亮的白色文字，那是代表即將毀滅的五個數字。當市民編碼亮起時，那個人就離開青紅人的隊伍，不回頭地向著漸漸敞開的青紅色大門走去，最後的背影消失在關閉的門縫裡。壁壘上白色的數字不斷變換，直到青紅色大門最後一次關閉，直到壁壘上的數字消失，直到整個城市漆黑一片。

中環地鐵站的標誌開始泛起光芒。剩下的青城人順著光下到地鐵站裡，寂靜地乘坐地鐵往東端的通道去。人們換乘梯列回到自己家中時，壁壘上也泛出了點點星光；待到黑色的天空漸漸變成深藍，人們在夜色下又一次躺上自己的床，設置為一月二日的卯正初刻，準備著迎接新的一天。

當人們懷念那些離去的人們時，他們所能傾訴的對象只有心理醫生。畢竟這些事情向他人訴說定也會引起他人的哀傷，而這一行為則正巧違背了靑的準則。心理醫生作為「法定」的聆聽者，是靑城裡唯一可以主動使用消除記憶針劑的人。他們常常在接受傾訴後記錄下這些案例，然後調製適量藥劑注射，一方面防止自己因此造成心理創傷，另一方面又讓此次治療曆得以為學術研究和今後服務。

這些悲痛又怎是靠單純的傾訴就能停止的呢？藉著共感機器的原理，人們真正地走入了自己的意識中，並為此發明了夢境儀。夢境儀讓人們在休息的時候可以立即進入夢中，並通過先前的設置，在做夢人構想的環境中任由做夢人想像與行動；每個夢境都會被保留，人們可以不斷地進入與延續。人們在夢境中可以和那些逝去的人、離去的人，甚至根本不存在的人相聚，無論是續寫他們的故事，還是開始嶄新的篇章，更或是去幻想靑城以外的世界，或是去親手實踐那些殺傷，都是可為的。

藝術家們為了脫離時空的束縛，常常在夢中進行他們創作品的搭建。為了防止人們貪圖夢境不願醒來，夢境儀必須和睡床綁定方能同時使用——睡床沒有定時沉眠的功能——好讓人們在叫醒時分脫離夢境。同時，為了讓那些長期進入夢境創作的人分清現實，夢境儀將夢裡的天空設為紅色，以區分現實中藍色的天空。基於此點，他們的創作品，譬如文章和影片，也都把天空設為紅色，來區分那個不遵守準則的世界。[七八]

如果說[redacted]日的顏色是青紅，那麼它前一天的元旦便是青藍[七九]。

在談青城的人們如何慶祝新年之前，要先說兩個背景：首先，青藍和青紅是青城的兩大禁色，只有在新年和[redacted]日才能出現。在平常時日，無論是人們身

---

七八 因之，外部世界也被稱作「紅天世界」。——陳方青注

七九 青藍：青城的代表藍色，色彩定位為〇〇〇・〇卌五・百卌五。

著的衣裳，還是製造出的物品，都不能使用和青藍和青紅色彩定位誤差為五範圍的色彩八〇。這些顏色的染料無法生產，而透過顏色混合達到這類顏色範圍的，都會被監探儀的鐳射照射成焦黑。除了——其次：

參與政治、學習研究、踐行藝術、與人交往，正是青城市民每天的活動，然而除此之外，青城還有一項特殊的任務交由一群特殊的市民進行，即探訪者。

雖說早在青城建設時，東端的通道早已設定只供物資和市長先生通過，但事實上往來通道的人，也就只有青城人。來者乃是建城初期不斷申請加入的新市民；往者，探訪者，則是每年從青城裡選出的最為優秀的青年，於每年一月

八〇 亦即〇〇〇—〇〇五・〇卌〇—〇圩〇・百卅〇—百卌〇和皕圩〇—皕圩五・〇卌〇—〇圩〇・〇卌〇—〇圩〇。——陳方青注

一日的青城建城紀念日前一千個小時，亦即十一月十九日辰正初刻[八一]，出發到青城之外，應市長先生要求，「如果他們能在千個小時後回到青城，說明外面的世界已和青城一樣發達，青城與外部世界的阻隔也就沒有必要，壁壘便可以打開了；否則就留在外面，繼續引領著外面的人」的人。

青城管理署自每年的十一月一日開始進行為期十五天、針對當年探訪者的甄選。他們首先劃出截止十一月一日子正初刻[八二]學術績點綜合排名前五的，符合當年年滿廿歲青年的範圍。

這五位青年會自即日起獲得如「ㄗ」形的手杖——它的把手處為白色，杆處則是青藍色。五位青年可以用手指控制把手處的按鈕，讓其杆變化成另外三

八一 辰正初刻：外部世界又作「午前八時」或「八點」。

八二 子正初刻：外部世界又作「午前〇時」或「〇點」。

種不同功能的形態。如果第二指[八三]按壓，圓柱形的長杆就會變化為鋒利的劍[八四]；用第三指按壓，長杆就會從末端展開同青城壁壘一樣材質的傘狀結構進行防禦；如果下壓的是第一指，麻醉針就會從手杖末端，或是劍、傘的頭部射出，成為一把弩[八五]——並開始進行相關的練習，以防出城後遭受外部世界的攻擊。

隨後，依據政治、交往能力以及攻擊和防禦能力，對五名候選人進行三輪測試。最後的人選於十一月十六日午前〇時公布於《青城公報》和各種媒介之

---

八三　第二指：外部世界常作「食指」。

八四　劍：一種通過鋒利處，以刺、割或劈之方式造成殺傷力的武器。參閱《政區、國家與世界：殺傷理論、工具、形式與制度及反措施》——請依據《青市規則：違反準則之文獻的參閱》，在閱讀前對自己不會模仿採取任何違背青的準則之行為進行良心宣誓；在閱讀中有不適的，請使用求援手勢以獲得幫助。

八五　弩：一種通過射出尖銳物而造成殺傷功效的武器。

上。

最終選定的探訪者，在十六日辰正初刻前，可以和青城的其他人進行最後的互動。到了午前八時，他便無法登入青城的網路，也禁止與任何人進行任何形式的互動。他的行動被監探頭特別監視，以防止他將青城的技術攜帶出城，被城外的人們加以邪惡利用，在其間做出違反青城準則的事，甚至危害青城的存在。探訪者的目的，相比去傳授知識，更為重要的是去教化世人：這些探訪者雖不具備青城最頂尖的學術水準——他們的高學術績點證明了他們無論身處何處都能進行學習、思考與發展的能力——但其具有青城參政權利的身分，就已然證明他們的政治素養足夠去指導外部世界人向社會終極形態的正確嚮往。

同樣，為了防止別有用心者破壞探訪制度，或是說服這些即將出城的青年們達到他們的目的，自探訪者確定後，倘若有人與他們交談，即被視作違反青城的準則，被監探儀所處置——無論是行為的互動，還是言語的溝通，抑或眼神的交流——所以這些被確定為探訪者的青年，在他們於靑城的最後日夜，仿佛透明人一般飄蕩在這個巨大的球形空間裡。

探訪者會在靑城最後的時間裡再一次研讀紙質版的《政區、國家與世界》系列書籍，好讓他們出城後儘快入鄉隨俗——比如計算外部世界的日期；縱使，這套叢書在靑曆六年後就再沒有續文了。

同樣在這三天時間裡，這些青年會開始收拾自己的屋子，把富有自己氣息的物件收集下來，在十九日午前六時起床後，將它們帶到中環雕像裡的清理盒進行濃縮，作為自己的物質塊鑲嵌至靑城西邊的壁壘上。到了大抵辰時三刻[八六]，探訪者就會在市民會堂，乘坐當初運送第一批市民的客車，沿著第一批市民來到市民會堂同樣的路線，前往城市東端的通道。

---

八六 辰時三刻：外部世界又作「午前七時卌五分」或「七點四十五分」。

客車發車時，青城會開始廣播《別》這一頌曲。沿途見到客車的人們，或是駐足注目，或是停車鳴笛。至十九日午前八時，《別》曲落，笛聲停，內閣閉；探訪者攜帶的手杖杆部也褪色成銀白色，把手則變成有著青藍色眼，白毛的鷲首。這青城的象徵，伴隨著他一齊離開這片土地。

到了每年十二月三十日，距離當年探訪者歸來的時間不過廿四小時。這天伊始，人們放下日常的工作，關閉清潔機器人，一大早就拿起笤帚、抹布來到城市的每個角落，一年一次地用自己的雙手代替機械，打掃這片依舊乾淨的土地。

在青城建立初期，人工依舊是主要的生產力，因此產生的問題便逐一暴露。以清潔衛生來說，每個人只需負責私的衛生即可，公的衛生則是由社會聘請專門的人員負責，而後者通常是獲得較少受教育權利的人，當屬弱勢群體。但在青城，一方面沒有公私之分，另一方面，為了解決生存的問題，人們必須專心研究技術，負責清潔可謂是耗時耗力，但又必須做。於是人們首先研究出新型道路，讓這些道路在指定時間內分批次地進行自行的清掃：街道的其中一條線路首先會豎起標誌，讓車輛或行人分流到另一條線路上，隨後從地面升起等寬的橫板，沿著道路將沿線的垃圾推移，直到終點凹下的回收處。爾後凹下的垃圾回收處閉合，橫板也回歸遠處，車輛和行人被分流回這條線路上，另一條線路同樣地進行清掃。

一方面出於私心，另一方面出於對勞苦同胞的疼愛，人們解決了一個又一個關於自己也不願意做的事的難題——至於室內和高空的清潔工作，包括生產等除去研究與創造的工作外，在後來都被機器人所替代。

待到正午時分，人們停下了勞動。一些人會前往餐館準備年夜飯——在青城人素食前，這裡是唯一能進行烹飪的地方：為了防止在切割肉類和菜類時廚房刀具對人造成傷害，一方面由人們通過網路控制自己所需要食材的尺寸，另一方面是獲取廚師證進入餐館使用刀片進行切割和烹飪。在濃縮食品誕生後，餐館主要用來製作非濃縮食品。

一些人會前往工廠生產慶祝物。慶祝物就包括一系列青藍的服飾、用品。人們會將青藍色的物品充滿整個青城，和天空一樣，慶祝新年的到來，並保留到第二年的一月五日。

剩下的人則代表自己的家庭拜訪同城的友人，感謝他們一年以來的照顧和不傷害，向他們贈送禮物。這些禮物或是他們的研究成果，或是他們的發明製造，更或是他們的藝術創作。

子時三刻[八七]，距離探訪者歸來還有十五分鐘。青城的人們走到面向青城的玻璃牆壁旁，凝聚在青城的閃閃燈光和漫漫星海的夜空中。

---

八七 子時三刻：外部世界又作「午後十一時卅五分」或「二十三點四十五分」。

一顆白色的光點從青城正中向上竄出，拉下長長的一條尾巴，它沒有一絲顧慮，徑直向著空中奔去，直到它突然的消失。隨後，爆發出如孔雀開屏，如蒲公英飛起的模樣，五彩斑斕，接連著後續不斷的煙火。人們不語地站在窗前，瞳孔反射著黑夜中的壯麗，內心反復思考著探訪者到來後的未來，足足有十五分鐘長。當家庭消失以後，人們則會在戌時初刻[八八]前往演繹廳觀看人們自行組織的新年晚會。

人們在排演新年晚會的節目時，一旦在網路備案申請場地時備註了其是為了新年晚會而準備，除了必要的表演者，任何人不得參觀，以保留節目的神祕感——當然，那些不以演繹廳做為節目演出地點的，為了防止因排練對他人的生活產生影響，節目設計者通常都透過電腦模擬，直到最後一次排演時的深夜

八八 戌時初刻：外部世界又作「午後七時」或「十九點」。

才進行實地的預演。

在每年的十一月十日、二十日、三十日和十二月十日、二十日，新年晚會的表演者們會相約在演繹廳相互表演自己的節目。演員們相互比較著彼此節目可欣賞性的高低，部分人自願放棄最終表演的機會好讓人們欣賞到更為精彩目的表演。人們在五輪展示中逐漸完整自己的節目，也就至於那些中途退出的人在最後欣賞時還能為其驚訝。在最終節目符合晚會時長後，由管理署的九名學科領袖進行次序的安排和其他環節的補充，也只有他們是能自始至終觀看節目變化的；縱使他們提前知道了節目的內容，但到新年時，也就沒了驚喜。

距離第二年的最後幾分鐘，人們大都離開家或是演繹廳，前往東側的通道前，在不明其然的動物們中間等待著內閣準時的開啟。市民會堂的鐘聲在午前〇時被擴音器放大，回蕩在整個城市中。內閣緩緩地開啟。青城的人們發現通道裡空無一人後，就互相致以新年快樂，失望但又慶倖地拖遝著步伐回到了家中。

然而幾十年過去了，還是沒有一個探訪者歸來。人們都擔心是外面的人太過野蠻，以至於沒人聽從探訪者們的意見，認為這麼做只是無濟於事；市民會堂也一直為是否要將這項制度取消而爭論不休。

## 即興

「三十年過去了，還是沒有一個探訪者歸來。有人擔心是外面的人太過野蠻，以致沒有人聽從探訪者們的意見，認為派出探訪者以引導外部世界的發展完全無濟於事。市民會堂也一直傳來是否要將這項制度取消而討論的聲音。

「人們在思考一個問題時，從來不會考慮其他的維度，這也難怪三是一個好數字：一，支持探訪制度保留的人被批作市長先生最為耿耿的奴僕，他們在反對者的眼裡是莫名絕對地相信自己所居的城市，也即是我們的青城，必是世界上最完美和先進之地——這確實是他們不具有的謙遜——他們認為，我們既然能夠得到外部世界的理解和支持，包括儘管是做為實驗品的機會或是所謂的恩賜，就理應像當初我們用科研成果換取外部世界的資源，用我們的制度成果來換取全人類生活美好的未來。他們堅持像市長先生所說，贊同每年都派出最為優秀的青年到壁壘之外，去用自己最為優秀的學習能力適應外部世界，並滿懷青城人的善意與柔情引導外部世界向著青城的模樣前行。

「右派批評左派們乃是抓住了市長先生所說青城準則之紕漏：不去造福外部世界並不與之相違，它不會危及青城人自身的利益，只不過在整個人類社會上是無比自私的。其實，反對者的態度並非是出於不懷好意：這些被批判作沙文主義，支持廢止探訪制度的人們同樣感激外部世界和市長先生為他們賴以生存之地的作為，他們亦非膽敢違抗市長先生如磐石般堅定的命令，只不過是跳離了制度的因果關係，對探訪者於青城益處的關注甚於我們當不當以探訪者為湧泉相報。

「在反對者的觀點中，作為支撐的論斷主要有三：其一，青城人根本不了解外部世界，外部世界的人文環境如何，自然環境又如何；且不說外部世界數以百億計的人口能否按照探訪者的建議行事，或許外部世界的人類早已滅絕，青城外是一片煉獄，隻身一人的探訪者在青城壁壘外同未馴化的野獸在一起，和灼人的烈日在一起，和化學武器殘留的毒物在一起——這一切都讓人們惋惜作為當年最聰穎的青年的流失。其二，是青城的人們深知外部世界並沒有監探儀的存在，定是有如《殺傷》[八九]中所述的般殘忍與野蠻，何況更有甚者：人們擔心這些縱使優秀的探訪者們融入外部世界後變得如外部世界的人一般暴躁，會憑藉他們所掌握的青城的資訊，以及青城人可能有所不知的東西而叛變倒戈——這點並非說不通，確實沒有人能從任何管道瞭解到青城以外的消息，正如第一點所說。其三，自從青城建市以來，人們就對探訪者抱有一定的非分之想——當然不是所有人，也並非跨越準則——按照青城的制度，每個人都當是平

八九 當然指《政區、國家與世界：殺傷理論、工具、形式與制度及反措施》。——陳方青注

等的，但由於探訪者所擁有的多餘的權利義務，對探訪者的英雄化也就開始，縱使他們也是由靑城人甄選出的；反對者認為，這種將探訪者地位高度化，將輿論焦點針對他們的行為，已然打破了靑城人人平等的原則。

「可想而知，第三者就是中間派了。按理來說，前二者本當以不考慮靑城大事為由，進攻後者拒絕站隊的行為，但正如靑城容許各種別樣思想的存在，讓人們得以聽到每一種愚笨和聰慧的聲音；維持現狀的中庸之道，一直是人們的追尋。這種反對極端的手段，雖然在極端者的眼裡是懶惰與瀆職，但卻解放了人們對於此問題的徘徊不前，讓他們得以把精力放到更為重要的討論與爭辯之上。

「正如人們對探訪者問題意見的不同，人們在不同立場的程度，在同一立場中的對立也同樣存在。譬如，支持繼續探訪制度的人群中，有關於探訪者是否應該攜帶靑的技術外出的爭議：如今的探訪者乃是通過其學術能力首先選出，具體到市長先生的指示下，他當是透過其超人的學習能力來輔助外部世界進行社會的革新，但他既是出於青城，就一定瞭解青城相關的科學技術，那麼在他帶領下的科學研究必然會朝著這個方向所發展；青城在建立初期，就是透過科技的輸出而換取相關的資源，如今若再提防外部世界的科技發展會反作用於青城，認為傳達青城人的理念就能讓外部世界和青城一樣美好甚過必要的技術，絕對是無稽之談。

「無論是反對廢止探訪制度的，還是反對保留探訪制度的，他們雖然在選擇的尺規上處於絕對的兩端，但又時刻清楚這是不合適的，因為反對者的理由總是建立於支持者的前提，而支持者的立場永遠會導致反對者的結果——他們從來都不曾有過觀點的對立，不過是他們希望首先側重哪一點，希望表達哪種意圖，希望隱瞞哪種立場。人們無法壓抑自己的潛意識來突破出這條軸的局限，好以絕然事外的角度去正視一個問題。

「這些潛意識從來並非天生，是我們生活中的每一個字句、每一絲空氣、每一棟建築、每一條提案所彙集成的影響。這些影響形成了我們每個人獨有的價值觀，而人的控制欲又時刻希望將自己的價值觀放置於他人之上。可以說，青城之所以能夠建設，正是在於當時市長先生準確地把握了眾人的價值導向。

「無論是曾經的外部世界還是如今的青城，當一個人獲得了某種成就，比如學術研究的、職業地位的、財富的、事件的，可以讓多數人為之矚目時，他便可以利用人們對其的關注，以言行舉止或是各種手段明示或暗示，影響和灌輸以人們他的價值取向。市長先生就透過與立法集團公然鬥爭一事博得人們的關注，進而有了發聲權，讓人們得知每個人都有平等獲得教育和發展的機會與權利，進而轉化為讓人們贊同這種觀念，支持賢舉集團的作為——這實際上也就是一個人積累了極大的動權力，進而轉化為其他權力的過程。

「為了達成這一目的，人們在灌輸他們價值觀前，必須先確立自己的立場，這也就促使人們在判斷問題時遵從唯一答案的原則與傾向。對於中立者的態度，並非是人們不想施加這樣的正確觀念，而是在自己的意識中已然有了這一妥協的想法，不過和自己本身支持的正確有著孰強孰弱的關係罷了。

「所以，當我們跳離出那些居心叵測的影響，不帶自己的價值判斷，客觀地看待這個問題時，就接著迎來了這些問題：採訪者的根本目的是什麼？靑城存在的意義是什麼？靑城和外部世界的關係是什麼？——也只有解決了這些問題，人們才能真正認清支持與反對的沒有意義，人們才能真正搞懂他們全部的疑惑。

「市長先生的時代是一個物質十分富足的時代，這本該是件好事：彼此間的距離因交通的發達被縮小，生產力的鼎盛讓人們得以衣食無憂。然而，正是因為這自人類誕生時就開始的對物質的缺乏獲得了彌補，在人們真正得到滿足時，反而不適這種幾無所缺的困惑中。物質的豐富讓人們的慾求不得不轉移到對知的需要，但由於人們在物質追求上耗費了過多的時間，讓人們喪失了樹立自己意見的能力，或是發覺自己根本不曾具備這樣的能力。高度發達的物質基礎讓資訊的傳播跨越時空的障礙，對資訊處理能力的缺憾使得人們在面對錯綜龐雜的訊息時不知所措，人們無法分辨這些訊息孰好孰壞，孰對孰錯，便輕易被這些訊息哄騙與欺詐。那些在人們獲得同等物質基礎前就已經積累了財富的人們，尤其會利用在獲取與面對眾多資訊時已然擁有的時間優勢進而造成的資訊不平等，為了自己的利益而刻意傳播，無論它是真理還是謊言，將自己的訊息讓其他人視前者的觀念乃是正確，好為他們的利益而服務。

「資訊所有的不平等導致整個社會的人文精神不及在物質豐富時的層次。當時人們的言行都以法律為底線——從進入法治社會到人們皆有法制觀念就用了一大半的時間，而本身透過法律來使社會和諧共處卻並非是契約關係妥協的結果，而是對人性本惡的限制——那些最基本的道德，不需要寫在法律文本上的倫理規則，不僅少有人關注，人們甚至可以容忍在利己的前提下，鑽法律之空的行為與思想。

「這一系列無論是對法，還是本身的精神素質，市長先生都把它們的問題歸罪於制度：如果一個制度下的社會是擁有極為富裕的生產資料，不，就算是有限度的——因為人們對物質的需求永遠是不會滿足的——那麼讓這個社會能夠真正綻放人性的光輝的，就只有建立絕對嚴厲但不嚴格的社會體制。

「這種體制的成功建立取決於兩個條件：其一，是絕對排除外部的干擾。政治是人類社會自有以來一直存在的問題，人們對主權和人權孰為第一性的爭論也從沒有平息過，而統治者則更傾向於把所有被統治者的立場統一到自己的腳下——當然，如果不這樣做，那麼具備善意的統治者就沒辦法穩固他們的統治，也更不要說把他們善的統治落實下去。雖然這是可以理解的，但卻讓那些資訊判斷和處理能力弱的人失去自己獨有的見地，讓整個社會的思想多樣性消失，那也就不必談論平等的問題，因為統治者已然有了清晰的政治藍圖，誰在上誰在下總是板上釘釘；且當人們的立場統一時，就不會有多餘的所求，因為在人權的立場上，他們早已經是平等的了。如果主權問題不得以消滅，社會就無法發奮全力進行內部的進化和引導外部的發展。——這也正是市長先生禁止對於宇宙研究的原因。

「在我撰寫的青城歷史中，提到青城和外部世界斷絕聯繫乃是在青曆七年時，可明顯地，這麼短的時間內，無論是人口數量再少的城市，也無法積累足夠多的資源，更不用說還要用於生產、消費和研究了。事實上，在青城的地下倉儲庫竣工後，市長先生依據通過祕密管道前往青城最底端的動力室，透過連接外部世界的網路，用青城的科研成果為交換，暗地裡獲取外部世界的每一樣東西。這些東西囊括了各種物質類型以及地球上所存在過的所有生物的資訊——也即是純物質和生物遺傳基因——爾後便被直接運往倉儲庫，人們就可以參考這些純物質的組成結構，將多餘的其他資源轉化為該種物質進行再生產。如果沒有這些物質的積累，我們就無法在掌握了完整物質科學和質能轉換技術後彌補學術的空缺，也無法再在青城裡復活那些已然滅絕了的生物。所以，直到市長先生斃命，也即是青曆十三年，青城才真正和外部世界斷絕關係，只有我們呼吸的尚未被過濾掉的空氣，和無法阻擋的來自宇宙的輻射，見證了我們和城外人最後的瓜葛。

「青城的動力室就只有市長先生知曉如何前往，外部世界如何避開城市東端通道直接輸送物資進入倉儲庫也不為人知；先不談論國家是虧欠了市長先生多大的恩惠，又怎麼可能就著青城人的所思所想，白白養活這群只為了自己的生活的人？國家以外的世界又如何不攻擊我們呢？

「我們的假設是，青城之壁壘乃是一個內不透光，但外部卻可以看的十分清楚的玻璃球體。外部世界的政治家們為了政權的穩定，讓那些希望絕對自由的人們進入青城，同時把青城作為民主改造的實驗田，並只有在真正瞭解青城人的所作所為時，方才不去干預和任其發展。國家以外的世界是否同樣期待這樣的實驗結果，還是本身國家就加以強權使得更外的世界無法侵犯這屬於國家領地的青城，人們不得知曉，但這些不為人知的事，是只有出了城外的探訪者才能接近的事實，而每個青城人都當為此時刻警醒。

「體制成功的第二個條件是，絕對平等導致絕對自由。首先是平等，每個人都應該平等嗎？在已經不平等的社會環境下，那些擁有更多資源的人們肯定不希望平等，因為這樣會拉低他們的身分；但那些擁有較少資源的人們則渴望著平等，因為他們覺得既已生而為人，沒有別人比他擁有更多的理由。這樣看來，如果說大部分的社會資源都積累在少數人的手中，那平等的慾求可能是多數人的。如果把人們所擁有的資源細分，那對於一個人來說，肯定有一部分資源豐富，另一部分稀缺的情況，考慮到他稀缺資源的時候，他也會奢求那一方面的平等，縱使我們忽略了人們的利弊權衡。這也就是說，每個人都有追求平等的本性，不過這乃是始於個人主義。宏觀地講，為了讓有限的資源得到合理的分配，當權者必須傾向於臣民的平等以便於管理，但將當權者和平等相提並論本身就是個偽命題，因為當權者的存在就是最強烈與極端的不平等。

「但奇怪的是，如果社會的資源與權力聚集在少部分人手裡時，那些平頭百姓本該藉著人多勢眾來敵對前者，可相比五十比五十的絕對對立，人們更能接受少數人的特權，或者是說，更樂意看見有更多的人如自己一般為庶人，尤其是在當集權者只為一人時，並且他所擁有的權力是其他任何人都無法奪取時，這種慾望便達到了頂峰，平等的基礎也就實現了。接下來需要考慮的，也就是這位真正的獨裁者所要採取的措施，但無論他採取的是什麼，他也一定能控制人們的價值觀，使得所有人的選擇都符合或趨向於他的，讓我們對他的作為在我們的價值觀下看來永遠是正確的。

「至於自由——每個人都能為所欲為嗎？我可以因為一個人的長相難看就輕易將他消滅嗎？我可以因為別的人與我不同就口出狂言嗎？我可以為了滿足自己讓其他的人食不果腹、衣不蔽體嗎？不可以。那麼每個人行為的限制當是什麼呢？有人會作答說是法律，但正如之前所說的，要成為真正的法治社會，本身就極其困難，況且法律乃是當權者或是多數人的辯論結果，它從未考慮少數人的意見，這也正導致了社會的不平等。要解決每個人需求不一的問題，又要讓整個社會向前發展，還要保證平等，那就只好畫出身為人類所能共同接受的底線。

「正如靑城所做的，只要一個人的不去傷害他人，他就可以為所欲為；但無論是行為上、言語上還是心理上，都絕不可以去傷害別人。起初人們還具有傷害他人的能力，但由於這最低準則的限制，讓人們刻意要求自己在底線以上行動，待到人們習慣於不主動傷害他人，監探儀就開始只針對被動傷害所依載的物品。

「這套制度的優越在於，在它沒有真正實施前，它即是人類社會最好的解決方案，也是社會發展的最終級目標。但它的弊端也就顯露出來：要實施這樣的社會形式，是無人能知曉該怎樣的——實現這樣的社會並不困難，難點在於，實施這樣的制度後，與其匹配的經濟、文化戰略當是如何的，下屬的制度該如何設計，社會最終會發展出如何的樣子，這些樣子是否是對人類社會真正好的，又能否支撐這種理想社會的上層結構。

「外部世界為了所有制的問題相互敵對、相互鬥爭，人們為了意識形態的不同而拼得你死我活，可待到社會必將發展到如我們一般的程度時，卻又輪到了不同的人們為了在契約社會下權利讓渡的糾紛。人們本可以早早準備這些必然問題的解決方案，卻為了一時的利益停滯不前——本身所有的事都可以儘快地向著美好前進，卻總是要有人荒唐地站出來鬥爭與犧牲。

「市長先生輕易地劃定了靑城的條件，就幻想著這個城市能夠如他所想誕生出龐大而美好的社會制度。在他的構想中，雖然這種社會制度的兩個條件得以落實，但他又將自己關於人們難以直接適應這種社會制度的所謂的顧慮為依據，通過他的權威設置了與其相違背的可笑規則。就好是比紙上談兵，如同我們每個人的一舉一動都在他腦海裡演算過，按他的計畫發展下去一樣——但它從未有過真實的存在。

「從市長先生的自傳中，明辨是非的你我都清楚，他並非完整的人格不該令其在一個畸形的社會裡成為擁有掌握一個地區人命運的權力的人——他作為一個政治管理者是不合格的，他的動機是令人質疑的。

「舉例來說，市長先生本是信教的，但他卻能在一個主張無神論執政黨的國家裡得到他的地位。在市長先生進入大學後，由於它的結果與他的預想偏差太大，讓他不得不求助於宗教成了門徒。但到了他從政時，卻沒有人提起他的信仰。我們本可以作這樣的解釋：和我們的城市一樣，在那時，信仰和不信仰，信仰這種和信仰那種，開始信仰和結束信仰，同樣都是合乎規則的——可就好像當時被矇騙了的人們，我們的市長先生，究竟還隱瞞著多少不為人知，我們又都忽視了多少東西呢？

「市長先生理應發現了每一種神化都是出於人們主觀構想的事實——因為在無神論者的觀點裡，那些所謂的神蹟都不是值得提出的確鑿證據——可正因為他能切身體會到人作為個體而無力改變環境時的渺小，能夠有一個精神目標去向往和祈禱，以及在日常生活中，虔誠地遵循教條進而得以成功修身養性的強大作用與深刻意義，在政區時期，他沒有消滅宗教的存在。

「但出於對準則精神的考慮，他下令刪去各種經書上批判或是懲處異教徒，包括不信教者的章節：經書上關於歷史的陳述，是告之信徒以緣由和說服他們的前提，縱使是虛構杜撰的，也不過影響了人們的皈依；關於神的話語，是尚可在日常生活中得以遵循和應用的方法，縱使是錯誤無用的，也能鍛煉人們辨別是非的能力；關於神的懲罰，是堅固信徒信仰神和遵循神的指導的工具，縱使是因為違背了神明的話語而譴罰人們的，也是為了讓人們遵循祂向善的要求。唯獨那些公然在經文和信條中聲明，讓自己的信徒去迫害異教徒的，無論是不信神的還是信別位神的，去作惡的，都會讓人們畏懼並加以抗拒，社會必然因此而失去秩序。宗教信仰的初衷本當是嚮往和塑造一個更加美麗的新世界，但一切以這個名義來吸收眾人力量來創造僅屬於一部分人的天堂而將其他無辜的人打入地獄的所謂宗教信仰，他的神與他的子民，都是無恥的；宗教鬥爭從沒有停止，不過是那些以宗教為藉口而作惡的人們在等待他們的時機。那些執意將通過信徒傷害異教徒的所謂審判作為該教的旨意引導人們作惡的，在政區、在青城，都被視作邪教——最令人作嘔的犯罪團體。

「當這些圖謀不軌的宗教被取締後，您的信仰與不信仰也就再冇關係了，他也不再需要為他的作為涉嫌與宗教有關而擔驚受怕了。比如，在他的觀念裡，人類社會的科技發展永遠難以預料，人們的能力日益強大，就總會有一個人可以掌握主宰其他人生死的權力，或是所有人都有這樣的能力，因之一定要有規則來限制人們這種追求無限自我神化的過程，是故他提出人性計畫，要求科技的發展永遠不能超過神蹟，比如造人、造天地。

「市長先生的性向不符合那個時代的主流早已不是祕密——縱使在青城說性向存在主流與否之分才是真正非主流之事——不談論他性向之所以的原因，但由於當時社會對其性向團體不普遍的接受，讓其在包括賢舉集團、政區，乃至青城都按照他的願望全然接受各種各樣的性向群體。而他也憑藉這個，向人們證明這個社會的包容性：只要不違反青的準則，誰都可以為別人的生存而鬥爭。

「可是，接受除異性戀以外的性向群體，對於整個人類是否是真正正確的呢？譬如說生育問題——大家都知道這個問題已被解決了，但這反而與上一條人的技術和能力不能超過神蹟所背離，就更不要說人們必須為那些與自己不同意見的人，在彼此批評後還要為其做出解決辦法，致使最後人們不是精神錯亂或是思想如一，以及不違反青的準則但對整個社會都造成危害的人，也不要說人們能在平和狀態下進化了。

「等等等等，這些自相矛盾的命令數不勝數，而其危害也從不簡簡單單如此。從《來者如今》中可以看到，之所以有這些的條條框框，僅僅是因為市長先生一廂情願希望這個社會當有的模樣，而也只有在這個模樣裡，他才能守護住他的家庭、他的愛人、他的夢想。排除掉這些來源於市長先生價值觀所創造的優越制度，青城制度的核心，亦即準則，它並非是吉巛先生所一人獨想，其獲得的榮譽也並不該是由他獨享的：不去傷害別人並且快樂地生活，乃是人最為童真的期盼，並非他的專利，而那些多於準則的存在，不過是市長先生基於個人價值觀，自以為對於整個人類都是好的的束縛。

「市長先生一路走到今天，自恃失去家人的不幸帶來他自己的屬於，無論從政區時期開始，還是到我們如今的青城，他都以天命為由，憑藉著自己短淺的認知和局限的視野沿著自己的希望改造這個社會。市長先生是個善於思考的人，但他思維的水準卻沒有與其匹配的足夠的知識儲備；他打著別樣的科學流派，要求極致的模型化，並在自己的框架裡搭建別的部分，但這個模型卻完全來自於他的臆構，也是他為何從來都以絕對通俗的方式來闡述理論。他本身出身的優越，讓他只看到眼前比他擁有更為富足的群體，卻從未體驗過平民百姓之勞苦，改革也從不顧及那些身居底層人們的感受，總是試圖一蹴而就。

「可惜的是，種種始於他的錯誤，他只算彌補過一個。

「早在政區時，為了提高人口素質，為了更加合理的資源分配，依據學術水準的計劃生育開始實行。按照要求，最高學位為學士的家庭必須生養一子女，為碩士的必須生養兩子女，為博士的必須生養三子女。這也就是說，如果兩個締結婚姻之人，只有其中一方擁有學士學位，他們才可以生育或是領養一個子女，並且他們必須如此。同樣，如果二人之一擁有碩士學位，就可以且必須生育或領養兩個子女，而如果二人連學士學位都不擁有，他們就不可以生育或是領養子女。

「如果二人違反計劃生育制度而生育的，他們的子女就會被領養中心帶走，供同性伴侶和不能、不願親自生育的夫妻進行領養。這些違反制度而生育的人會被進行絕育，且就算他們獲得可以生育的學位，也不能進行領養；二人離異後新組建的婚姻關係亦不可去領養。為了防止這些違反規則的人在子女長大成人後指認他們的血緣關係並破壞領養家庭，親屬鑒定在整個政區都被禁止；當在進行醫療救援時，因檢測發現二人匹配的，如果醫護工作者透露任何一方之消息給另一人，則會面臨涉嫌誹謗罪和違反職業道德罪的控告。

「在政區，並不禁止婚前性行為，但人們必須為他們不進行避孕措施的性行為負責。如果二人未結婚就生育，他們不僅會被結紮，甚至失去結婚的資格。而如果因為避孕措施不當，且為了防止被奪取生育和結婚的權利，在分娩後拋棄或處死嬰兒的，若被發現，則會判故意殺人罪並從嚴處予刑罰。同樣，生殖細胞管道複通術是被——他——視為罪同殺人的行為，被在全區範圍內禁止。

「但是，政區人的素質並沒有因此而得到改善。相比國家，雖然政區的學術評定制度更加具有真實代表性了，但以學術水準來判斷一個人的可發展水準依舊是以偏概全的。以至於，人們為了繁衍後代而學術不端、學術造假之事屢屢出現。其次，由於生育的限制，大量低學歷的底層勞動者無法繼續繁衍生產力，導致經濟變態，供不應求。再者，隨著學術程度的深入，越來越多的自願不育家庭出現，加上暫緩生育制度[九〇]的存在，年輕人更傾向於不工作而去科研，來避免生養後代造成的巨大花銷。它不僅沒有創造新的人口，更塑造了有一大批研究理論，卻沒有人去進行實踐的社會環境。

「幸好，這嶄新的計劃生育制度只實施了七年，不幸的最多也只是一代人。到了青城建城初期，由於人口數量一直因監探儀的消滅壓制著，加上屢次的市民引進，他不得不放任人們的生育——但事實上，他根本不允許連學士學位都達不到的人遷入青城。隨著城市不斷的發展，生育計畫重生：每個人只能生存四十年，計畫新生兒數為十萬減去當年未滿四十歲之人口之數。我本人是強烈反對任何人以任何理由決定別人的死，抑或是生的，但既然青城的人口計

九〇　暫緩生育制度由兩條構成：攻讀高一等學位之家庭可暫緩生育；取得博士學位後選擇繼續研究的可暫緩生育。暫緩生育制度是為了防止因照顧孩童而影響其研究所設立的。——陳方青注

畫已決定，也無意再多去反駁，相比市長先生的決定，這反而是遵循民意的好的結果。

「市長先生的亡羊補牢之計，並非是您覺醒的預兆，而是走投無路之後的策略。計劃生育的初衷乃是為了大男子主義情懷氾濫的您夾逼科學家研究同性生子的工具，只可惜這一技術在青城才得以實現——您不願承認對女性的蔑視，也正是您喜好同性的原因——市長先生視理想社會前的人都是實現它的工具，而只有理想社會真正實現時，人才能開始綻放人性。所以作為建造美好社會的工具，他們的安危成為重中之重：得了蛀牙，就必拔除，安上人工烤瓷；臂膀患病，就當截肢，換上人造鈦金。這也是為何重症醫學監護首先得到發展；每個天生有缺陷或是患疾的，都不可放棄，必須讓他存活下來——就算在接受治療時遭受痛苦與煎熬——好讓他們全力為這個社會服務。

「您喜愛的就成為規則，您厭惡的就必揪其根完全禁止——市長先生罔顧世界整體的發展，盲目排外，讓整個靑城都依照他的意願效仿古人的語文，數字、外語言全部用國語來書寫和解釋，好表現出那無用的自豪感，正如這一切都是為了他的開心——而如今，我們自己也開始步入市長先生的錯誤裡。

「這個世界究竟是如何形成的，至今我們還不明白——一方面外部世界的科研水準還沒有那麼先進，另一方面則是我們無法直接探索宇宙以及我們賴以生存的星球——因為他的信仰，我們普遍認為有神的存在，是祂一手創造了這個世界。但是，這個世界是否是由一位神所創造的，我們也只是假設罷了。在中環樹立的雕像，僅僅是為了給予人們信仰與動力，也僅僅是象徵罷了——具體那位神是誰，或者祂長什麼模樣，祂是男是女，祂何時降生，大家有自己的看法，所以就沒有給那座雕像安排一個具體造型的必要。

「靑城以後的人們失去了探尋自己來源的機會，問題不但沒有得到解決，我們反而在道路上不斷堆積一個又一個莫名其妙的疑惑。靑城的人們明白社會分工的重要性和必要性。從自主學習，到讓孩童們體驗這個城市所有的職位，好讓他們在成年後堅定自己的喜好不至於輕易更換職業；因青城行業的學術的統一，讓專注交通管理的、建築設計的、環境保護的人一方面正做這些事，一方面也從中研究。他們專注於自己的行業，絕不嘗試學習除了通識以外其他的知識，就好比一首歌曲的製作，專攻作詞的絕不會嘗試作曲，因為他們要把詞做得最好；專門作詞的作完詞，專門作曲的作完曲，專門負責編配的編配完，負責編曲的編好曲，負責演奏每一項樂器的只負責那個樂器的演奏，負責錄音的只負責錄音，負責演唱的單獨負責演唱，負責合成的僅僅負責製作……一切看似井然有序，但無論是歌曲的製作還是整個社會的運行，豈能是靠各個獨立部分的簡單組合就能構成的呢？

「在青城人人平等的原則下，我們非要在這個組合體裡安插某個統籌或領導的人——這是為什麼呢？是為了愚弄我們堅信與服從我們自己的規則嗎？

我們的市民會堂非常的民主，加上科學技術的發展，我們把每個人的個性消滅，卻美名以科技變革帶來的進步，將我們自然的身體構造加以破壞和毀滅。我們從無論性別都能結婚，到淡化家庭的育兒計畫，再到現在把取消性別提到市民會堂的議題上。

「為了所謂的平等，為了每個人分到青城的資源，我們要求每個人只能活到卅歲，並冠以榮耀死之名。因為面對父母與孩子標榜自己、當作朋友、視為平級的各樣不平等的親子關係，讓您認為家庭也成為個人發展和成就的負擔，就要求我們取消家庭這個層次，更以宗族的淡化為由。雖說要成為人物，就得敢顛覆世俗，但神將我們創造成這樣，我們是否一定要去證明我們自己比神高，以證明我們能決定自己的生存呢？

「我們呼喊著繁衍工具論的說辭，來為不同性向和性道德所辯解，卻忽視沒有一個生命和即將到來的生命有其必須被終結的理由，有其不得以誕生的義務。我們自恃動之以情，卻為了出於獸性的競技精神而發展運動，證明著自己強於別人的身體與靈動。我們自以為可以得到永生，還把自我神化，讓世間萬物都變幻為我們期待的那般和諧，卻不去居安思危，為食品製作廠故障的那天，彼此對生的渴望、生物天性的暴露而未雨綢繆。我們自詡社會的包容，強調少數派的權益，卻忘記多數表決的精神，硬要讓所有人為不情願之事次次妥協。人們付出了喪失天生所有的代價，被人們所謂好心的關懷所改造成同樣的體態——生理功能、面貌外表、智力程度等等等等。

「我們於一二年末通過了監探儀消滅對象案，試問，倘若整個系統的判定都是由電腦系統進行的，那麼通過議案後，它又是如何知曉，以不讓自己針對的不是人呢？這就說明了兩個問題：其一是，是誰通告了監探儀議案對其消滅對象的變更。如果是實在的青城市民，那麼他就比其他人的權力多得太多，不可能會有人接受平等社會下有如此特權的人的存在；如果是機器，那也就代表它具有意識，一方面有意識的機器本不該存在於青城，另一方面是人們並不瞭解它的意識標準，這也就象徵著監探儀在進行刑罰時有其自我思考判斷的可能，也就象徵著青的準則的審判和執行不公。

「更為諷刺的是，在青城建市以來的十多年時間裡，人們僅僅改變了自己逾越準則的習慣。在此之後，人們所有違反準則的行為都被監探儀所制止——若要殺人，他的武器被消滅；若要辱罵，面前空氣被凝固——一切違反準則的發生都被監探儀搞得沒有任何後果，讓這些那些施加侵害的人們無所畏懼，讓那些被予侵害的人們不以為然；人們開著殺人滅口的玩笑，卻不必為此負責，人們的內心所思考的從外部世界以來少有的善解人意，成為如今試圖通過一切手段來驗證監探儀能否真正保護市民的作用。外部世界的人們尚能做到就算沒有人時也能自覺地把車在路口停下，而倘若監探儀有一天消失，青城人對罪惡的渴望和本身的罪惡必將立刻暴露無遺——監探儀的存在成為了人性的最後底線。

「其二，如果監探儀可以變更消滅對象，就等於預設的消滅對象是可以調整的。這也就是說，儘管市長先生宣布了這樣的審判制度，乃是同意它可以終止的。也就是說，市長先生本身就對理想社會的制度基礎不抱以信心。——青城的發展方向究竟還有多少的可變通性呢？

「至此，我們不用去懷疑我們所生存的是不是共和社會；我們當懷疑的，是我們連民主社會都不及：青城的每一個決定都是他所決定的，青城的決策制度也是他所設計的。這是君主政體嗎？我甚至會懷疑這是僭主政體；我不知他的所做所為究竟對於我們，或是置於外部世界的全人類有何益處。

「他自大地以為自己完成了人類最佳社會形態的設計，可其實是半途而廢，留下一堆爛攤子給我們解決。我們不能解決，因為整個社會的基礎哲學理論都不存在，和外部世界的無一相似，而我們又無法去評價它，去改變它。——您所期待的是一個人人平等，顧及他人，又彼此制衡權力，共同探索和建造最適合人類與自然萬物共同和諧生存的世界。可是，這句話本身就是矛盾，當人們的權力彼此制約時，就絕不可能互相平等。

「在理想的狀態下，應當是人們不逾越準則的要求，但允許任何言語、情感、行為的發生。也就是說，言語和情感的傷害要區分為兩種，一種是正當的批評，一種是故意的攻擊。前者的批評當是作為思想多樣性的補充，讓人們在觀點的市場裡競爭，為的不是判斷出哪一個好或哪一個正確，為的是讓這種思想能夠在各種的批評聲，為了駁倒對方而發展下去。人們鼓舞少數的聲音，來防止出現如從前鋼琴被作為主流樂器而其他樂器被埋沒，沒有人會使用的情況。就如同外部世界曾一直擔心氣候變暖的問題一樣，本身那些被稱作罪魁禍首的就是對資源的轉化，而既然是物質和能量的轉變，那在這顆星球上的一切，除了只增不減的資訊以外都是恆定的，根本就沒有必要去制止這樣的行為，正如同市場一樣。能源問題、人口問題、素質問題，多與少，好與壞，都是必然且無妨的，我們試圖去干涉就永遠會被加以意料之外的懲罰，正如我們應當准許任何不悖於準則的事存在——不違背準則是這個城市存在的唯一目的和意義——就算有人在科學的今天提出魔法的觀點，它也應當是備受矚目和鼓舞的。因為存在即是合理。

「我們自說自話：青城是個偉大的城市，是平等和民主的自由之都，卻被條條款款所束縛，就連我們自己的錯誤決定都沒有勇氣去更改、去彌補。我們沒人敢於制定規則，也沒人敢去突破這個規則，無論它的好壞。市長先生一方面在青城試驗消滅階級，但事實上，他是被統治階級的我們真正的統治階級，不僅是從行為上，還從意識形態上。

「為了讓青城以最高效的形式運行和存在下去，新生兒計畫——當然，令人氣憤的還有他們要透過染色體重建的方法讓所有新生兒腦的開發程度提高，使新生兒在見到陽光時就儲足了已知的所有知識；倘若這樣，那沒有經歷過這重組建的人不是就……話說回來——現在的新生兒計畫，讓你們的姓，都是隨你們之前撫養人的姓，而在以前，由於家庭的存在，每個孩子的姓都是共同隨他的雙親的。拿我來說，我的父親姓陳，母親姓尚，他們為我起名為治，所以我的名字是陳尚治[九一]；我的字，冊民，乃是我自行決定，在市民系統上備案的。然而，因為你們都是接受撫養——單親，而沒有雙親，所以你們的姓都只有一個。管理署曾一度提案不再接受字的備案，理由很明顯，不便於管理。爾

九一　青城人——自他在ㄒㄢ政區掌權時起——姓名的標準寫法是「姓—姓名名」。前者姓是父姓，後者姓是母性，如果名為一個字的，則在姓名間做出空隔；不允許使用超過兩個字數的名；如，「陳—尚　治」。連上字的，為「姓—姓名名（字字）」。字乃自願，可在成年後往公安機關進行備案，若有則用括弧標注；不允許使用超過兩個字數的字，如「陳—尚　治（冊民）」。——陳方青注

後，他們又唆使，要取消每個人的姓名，而是以市民編碼進行稱呼。試想如果那樣，你們所稱呼我的不是冊民先生，而是〇〇〇一[九二]——每個人稱呼著彼此以冷冰冰的數字，如同呼喊著機器，每個人都不再是人，每個人都不再有身為個體的自豪感，所有的市民們都被強加到集體的意願之中，所有人都得為了秩序而犧牲自己。

「又比如，排除掉建城初期從外部引入的人們，那些土生土長在青城的人們，卻沒有社會契約方式的選擇權。在外部世界，如果一個人不滿於所在國家的制度，或是權利的讓渡方式，它完全可以移民到另一個國家以更好處理主權和人權的問題；但在青城，不僅沒有人擁有選擇權，沒有對外部世界的知的權利，就更不要說去考慮和比較了。

注

九二 為了市民編碼的系統和規則性，青市通過了以原生青城人重新編號的提議。——陳方青

「青城的準則成為人們的共識，卻同樣地在兩個方面得到分化。一種人恪守準則為所欲為，一種人借著所謂準則精神無限放大自己的多情。後者過分關心別人：在別人研究遇到困難而煩躁時，毫無停歇地去平撫他們的心情，而他們此刻並不認為這種關心乃是有利於他們的，反而因問題的回答與對話的交流增加煩躁和不安。而前者則假借準則，暗地裡做著與其完全違背之事，一直等待著有一天能夠徹底推翻這樣的制度。

「科學家們早已證明這個宇宙的一切都是恆定的，而既然它存在，就證明它有調控和在紊亂之中維持下去的能力。青城作為一個系統，本身也應該無所謂任何事的發生，因為它的和永遠是那些，不多不少，青城永遠有調控和在紊亂之中維持下去的能力；但作為人類社會的試驗者，青城人唯一需要做的，就是在青城本身的調控中避免那些讓所有一切變得沒有意義的可能，而準則正是唯一的手法，除此之外，不當有任何的限制來左右青城人的一切。

「為了平等，我們的市民會堂讓每個人參與投票，但卻歪理地設置了管理署：究竟是人們決定這個社會，是人們構成這個社會，還是把權力全讓給了這些自以為而且也正是的社會菁英呢？管理署更敢更名作聯合改革管理委員會；其王之心，難謂之無。

「他們從反對探訪制度開始，全然打算讓靑城人成為自己永恆的奴隸。他們順著市長先生的旨意引導著家庭層面的消滅，打著性別和性向多樣性的旗幟主張性別的消滅，呼喊著為了更為美好的靑城未來的口號推進染色體計畫，讓每個人出生以後就可以先天具備所有的知識。這些舉措曲解著市長先生的本意，致於如今的靑城，已然有了一個逢舊必反的政治正確。解散聯改管委[93]的條文不再有效，消滅不平等，批評聯改管委的運動也被其認定做顛覆城市制度

九三 現已統一簡作「委員會」。——陳方靑注

的非法運動。

「說到市長先生時你們無動於衷，說道這些無恥小人時你們便忿忿不平——就像你們所看到的，就站在你們的身後，聯改管委建立了它自己的執法程式，讓原本已經消滅了的不具有任何社會權力的人們成為統治階級的力量複生。為了他們的統治，這些人不顧本有的良心，唯命是從。」

「我還沒有講完。」

「這是好的嗎？我們自認為越加嚴格的環境會導致社會的更加平和，但以前那些被檢舉了的，從沒有一個不出席檢察庭，可當檢舉保障部隊出現後，能夠真正自發出席檢查庭的又有幾個呢？沒有。這不是因為人們的造反，而是觸動了統治階級的人們的利益；欲加之罪，何患無辭？只有這一點，他們從不吝嗇使用古老的手法，硬生生地在青城裡安插了這樣與眾不同的群體……」

「青城即將進入她的第三十一個年頭；我也將開始我的而立之年。」

「青城定會變得更好——」

「——他們不能將我扔進熔爐中——」

「——青城萬歲！」

## 譚詩

故事從不會終結，神話永不止唯一。

青城人對於外部世界究竟是報以怎樣的心情？是期待，是好奇嗎？是警惕，還是畏懼？——每一個青城人的態度，立場的程度，甚至是不同時的同一人，都不盡相同。

取消探訪制度的議題被延期到了百年以後，成為滯留最久的議題；大家擔心的並非是探訪對於青城所失去的，而是畏懼倘若一天有人歸來，後果會是怎樣的。就好像市長先生對宇宙的畏懼，人們一面以自家為珍寶，畏懼壁壘打開的那一天，外面的人是否會如同青市開城前一般野蠻，甚至比他們還粗魯殘暴，可又想要知道外部世界是如何存在和運轉的，好消滅自己不啻井底之蛙的憂慮。但在青城建市五十年後，這個顧慮終究到了頭：我完成了探訪外面世界的任務，成為了青城最後一位探訪者。在大家的畏懼下，等待著環城壁壘的開啟。

一千個小時的探訪，如同我從未離開青城一般——方城像極了青城，甚至讓人懷疑裡外究竟是否本來就相同。可惜的是，因為方城實在是太大，我沒能往更遠的地方去尋找他們的不同。我在方城裡一千個小時所體驗的，和在青城裡的如出一轍，方城的民們肯定地告訴我，說外面的確不一樣，他們乃是慢慢才發展成如今這個青城早已達到，維持數年了的樣子。唯獨不同的，只有他們容忍一切的善與惡、支持與反對，只要不給別人添麻煩，方城的人們就可以為所欲為。

壁壘也將要打開，要知曉外面的世界究竟是怎樣的，大可不用我多費口舌去介紹或再記錄一些什麼了。市長先生的偉大夢想大抵也算實現了，只是不知這樣的發展是否真如他所想。總之，幸甚至哉。

既然青城將不復存在，也就再沒有什麼能限制我們言論的條條款款了。我的父親——當然，這恐怕是世上最後一群父親了——革命失敗後，我便再沒有見過他。父親一生透過政治和教育，來糾正青城的發展錯誤，只可惜他的最後一課依然沒有打動更多人的心：委員會的洗腦太過深刻，孩子們義不容辭地檢舉了他。課還尚未結束，委員會便將他帶走，想必是和當初一齊建造青城，又不願成為青城市民的人們，一樣地體會青城大熔爐的殘酷了——市長先生為了保密，沒有再讓締造青城的建設隊歸去，和第一批市民永遠消失在監探儀和大熔爐的無情下；為了捍衛市長的名譽與聲望並保全自己，父親不得不在歷史中扯了謊。

在青史中，歪曲事實的不少；不符合父親大人取向的有很多，但也只在他的教學中做過評論和批判。慶幸父親大人最後一課的講義被委員會作為審判證據公開，世人才得以知曉；我沒有去修改這些文字，還是期望之後抽空，慢慢道來，修正、補充的好。在那之後，取消性別的議題被通過，性別一詞永遠地成為了歷史；關於計畫染色體的鬥爭還在繼續。那段時間裡，委員會一直試圖通過法律來取消探訪制度，但法律的通過比等到全民公投取消探訪制度還難，所以他們乾脆將那些不服他們的人以刑罰，也即是驅逐——當然，也正是因為父親，致使我被連坐地成為探訪者，而我的歸來，讓委員會也再無法存在下去，著實是給他們的一記響亮耳光。

爾後一段時間的事，委員會新設的青城歷史股已經撰寫得明明白白了，但父親革命一事，卻隻字未提；就算是沒有受熔爐之刑，大抵也在十年前自我毀滅了吧。話說回來，先生常說，「後生可畏，焉知來者之不如今」，我且狂妄地隨您的風格，為父親記載的青城歷史，和他生前最後的貢獻，彙編並題為

《後生可畏》一書，再由我為這畫上一個句號，合情合理，算是了了他一樁心願吧。

我沒有更多的情感需要抒發，沒有更多的話語需要表達，所有的對與錯，只要留給世人比較的餘地，歷史總會證明好與壞的。

末了，我要以我在方城聽到的，人們口口相傳的，據說是市長先生某次祕密出城，所告誡外面世界人們的，作為結尾，以激勵即將與外部世界共呼吸的青城的人們。

另賀建市。

# 夜想

「總有人說，我們的制度是多麼得偉大，生活是多麼得美好，社會是多麼得和諧。他們妄自菲薄，用無比崇媚的眼光看著我們，用最讓人煩厭的態度對待著自己的家，好作爲自己如同青城人的身分和立場，好收穫他們自以爲別人崇畏的目光。

「他們從不知道，也選擇去不知道，我們同樣有著缺陷與不足，我們也都爲了更加美好的未來而去努力與奮鬥。或許這個世界上眞的只有我們是最爲美好的，可我們從不願侷限於這樣的褒獎：我們要做的是突破美好，把最再最，然後帶著這個世界一併美好。

「我們並不願施捨或憐憫；我們希望所有人能如我們一樣，像領路人一般：縱使這個世界再是黑暗，也永遠義無反顧向著光明，而前行。」

焉知之不

# 正寅

那是最美好的時代，那是最糟糕的時代；那是智慧的年頭，那是愚昧的年頭；那是信仰的時期，那是懷疑的時期；那是光明的季節，那是黑暗的季節；那是希望的春天，那是失望的冬天；我們全都在直奔天堂，我們全都在直奔相反的方向——簡而言之，那時跟現在非常相像，某些最喧囂的權威堅持要用形容詞的最高級來形容它。說它好，是最高級的；說它不好，也是最高級的。

查理斯・狄更斯這被奉為經典的話語，在人們迷茫於對未來的恐懼和自大中，沿用了百年後，終於喪失了它的意義。人們用這巧妙的言語，來含沙射影百年間所有不能滿足他們慾求的社會環境。他們不滿於自己的當權者，又在聲張表達時沒有主見；他們用對未來的癡想，來否認自己的好吃懶做；他們有所憧憬，時不時行動，不明白自己做得究竟對不對，卻總會找「至少我努力過」作為屢戰屢敗的說辭——他們道不出其中的理，就曲解文學家的口吻，來表達自己飄忽不定的索望，來把錯誤的淵源歸咎於這個世界，樂此不疲。

可是，當人們與狄氏寫下的這些話語感同身受時，他們又開始唾棄這些字句是多麼趕不上時代的潮流：是幼稚，是盲目的反動，是不合時宜的文學創作——縱使他們自己絞盡腦汁也無法組合出這樣的精彩，如果他們知道自己想要去陳述什麼的話。但當人們習慣於設身處地了，他們便不再有興趣去體會那些乾癟的文字——沒有聲音，沒有畫面，更沒有知覺；所有的文學，甚至一切的藝術，都失去了它存在的意義和當有的地位，如同繁雜的法條被人們所嫌棄。

# 正丑

照耀地球近五十億年的太陽，依舊固守在它當存的位置上，透過一片鋼鐵森林，向沒有遮陽棚的街道潑灑著自己的光輝。綠色植物感謝這偉大的恩典，但這賜予者大人卻遭受著人類最名正言順的攻擊：在暑天人們抱怨它的炎炎，在寒日人們氣憤它的無力。

幸好隨著科技的發展，機械化讓人們可以愈少地出現在戶外，資訊化讓人們可以在自己的居室裡與他人交流。所以，在如今的街道上，來往的不是滿臉不屑的行人，就是急馳在空曠道路上的機車。但，總有街頭巷尾都充滿著的時刻，它不是人群，而是人們高昂的聲音與激動的情緒。這些高昂的聲音朝著同一個方向奔湧而去，那是彙聚著人們激動情緒的寶地，是這個繁衍著不同生息的藍色星球上，主宰著這個世界的的聖居。

這顆星球上，人類的歷史也不過其生命的百分之一，卻誕生了主宰這整個宇宙的奇蹟——人們稱之為神。這些神明從不唯一。

有一類神，祂負責整個宇宙的創造：無論一草一木，一鳥一魚，一男一女；祂主宰著世間一切的規律和所有的命運，有著毀滅與重生的無上權力。人們伏倒在這類神明的面前，憑藉祂創世和至高的能力，希望自己的一生能夠風調雨順，徑情直行——但結果毋庸置疑。

於是人們降低了自己的標準：只要能讓自己相信感受到幸福，無論它本身是否能讓人感到快樂——祂便突破了神蹟僅存於歷史中的束縛，成為身邊的與眾不同了。當祂們犯了錯時，人們才反應過來，不是祂並非神，而是他還是人——人無完人，孰能無過呢？人們想盡辦法為祂的錯進行辯護，縱使是完全謬誤的邏輯，毫無說服的根據，是絕對低劣的方式，萬分骯髒的言語。於是，就有了第二類的神明，一群人們能夠與之面對好表達自己崇拜和敬畏的神明。

在人們沒有一番大成就之前，他們從不會為自己的一切而歡呼雀躍，但相比自己的食飽衣足，自己的幸福與快樂，人們更為關注的是這第二類神明的情緒、話語、一動一行。當那位神傳來一絲消息時，它能比摯愛的一切都更加有力地敲擊他們的心房，就好像在現實中的那位雖不屬於我，但在心裡，我和祂乃是命中註定，擔心祂作為人的冷暖喜怒，甚過於自己的體康與神逸。這些歡呼聲和他們的喜出望外交織在一起，就成就了那些根本不認識他們，也從不在乎他們的人，的神明。——這些神明主宰的不是世界萬物，但透過主宰人們的思想，主宰人們的話語，主宰人們的一動一行，來間接主宰著整個世界的運行規律。

人們的目光與歡呼聲已然聚集，當下大紅大紫的藝人，賢舉集團的聯合執行長，少年時代回憶錄《於情》的作者和主人翁，吳嘉康，這人們心中的神，也就順勢推出了他之所以能為神的過往和經歷。吳所著的《於情》，不僅描述了他少年時期的種種回憶，更把和如今同在這片土地上雄鎮一方，他曾經的玩伴們的故事娓娓道來：伴侶召吉巛，同是商業鼇頭賢舉集團的聯合執行長；友人謝鑒誠，是賢舉集團的大股東及公司之財務首席。而陳硯，賢舉集團的新任科技首席，因配合《於情》出版而公布共感機器——讓讀者可以與寫作者感同身受的儀器——的發明，也終於像他們的高中時代一樣，四人一起作為集團高層，成為令人矚目的公眾人物，從主宰一個班級，到開始主宰這一片土地。

# 丑時

「你還是把它寫出來了……」
「我可沒在上面說你壞話。」它的作者說道。
「我知道——可以你現在的身分，就算是流水賬，你的粉絲都會把它吹捧上天，」召吉巛把一疊紙放在桌上，翻著個白眼斜著頭說道，「何須專門給我幫你修改？」
「誰說要讓你幫我改了？」吳嘉康一把奪走桌上深藍色封皮的書——上面寫著「於情」二字——俏皮地笑著說道：「你一改可就像新聞稿一樣了，我才不要。」
「那叫講求事實不加贅餘修飾和情感。」召向後靠在椅背上，「那你給我看做什麼，我可不屑於做第一個讀者。」

「好啦好啦——」吳把椅子提起來，離開了召一些又坐下來，「對了，你還記得陳靦嗎？」

「不記得。」

「我書裡有寫他啊，高中同學吔——你不是看了嗎?!」

「那你還問？」

「……是這樣，他的團隊不是挺厲害得嘛，我想把他弄過來搞一搞大腦方面的東西。」

「控制別人的腦袋好買公司的——不，好讓所有人買你的書？」

「哈哈，這還要控制？不這樣他們照樣人手一本。」吳笑著把椅子移回到當初靠近召的地方，「我是說，人們為啥要買書呢？如果不是有學術含量可供考究的，那無非就是為了消遣；而我這又不是科幻作品，不然把大家的幻想引領到我的軌道上，那還真是好說——但我這相當於回憶錄啊。」

「所以，你想給讀者植入這些已經發生無法再現的歷史？」召吉巛表現得不為所動。

「別說得那麼難聽，都是去經歷，只不過比單純的文字更加完整、更加強烈地讓他們也能設身處地體會我當時的所思所想以及它的緣由，說白了也正是情感的共鳴。現在的人們太過浮躁了，如果沒有像我們這樣的公眾人物挺身而出充當精神領袖，來引導大家的精神與思考，使之向善，那我們以賢舉之名所做的一切也就無濟於事。

「我希望，《於情》不僅是我一個人的回憶錄，還能透過它讓大家知道我是如何走到今天，我們之所以這麼走的初衷是為何。直到大家知道了這個初衷，自然會明白我們的下一步，自然會向著我們所共同期待的方向而並肩前行——」

「——自然會買你的書。」

吳沒有理會召，「那麼，要怎麼做呢？《於情》並非純粹的歷史或是傳記：有事實，有我的真情實感，但也有捏造的故事——僅僅是為了完整性和連貫性——我試圖用一連串『我所經歷的』，讓人們在其中發現屬於他們類似的回憶，這樣，在行為的相似性上，尋找思想和情感的共鳴就不難了。但是，每個人的經歷又都並非一模一樣，有些事情是我從未經歷，我不可能經歷，甚至連想都未曾想到過的——但這還僅僅是內容上的，更不要說讓我去幻想出他們的情感。」

他站了起來：「有的文章一如樂曲般緊湊與激昂，有的文章卻似繁星的發散和離奇。有的文章刻意只用白描的手法，仿佛透過這些文字可以再現當時的一草一木，但人們往往草草讀過既便了事；有的文章無意提到那些毫無寓意的物體，卻被人們作為依據，幻想出大千世界。有的文章把道理無限延伸，卻不如那些毫無用意的激起人們的思考；有的文章把空想無限放大，卻不比那些毫無想像的引起人們的質疑。有的文章用言語來修飾，但人們卻認為是畫蛇添足；有的文章充滿著對話，可人們卻能勾勒出他的前世今生。有的文章把故事一五一十地道來，卻被打上照本宣科的標籤遜於那些點到為止；有的文章用不同的表達技巧，卻被貼上標新立異的銘牌不如那些循規蹈矩。有的文章只要帶點官腔，人們就會認為是卓越的正直；只要留些粗言鄙語，人們就會認為是出格的劣質。我們的文學，隱晦的永遠都是性，和那些作者根本就沒有想好要說什麼的。——作者永遠沒有資格去解釋他的意圖。

「敘述歷史的不能警醒，卻讓人們回憶；描寫故事的無法動情，卻被人們貶低。寫作者假設讀者擁有最豐富的想像力，卻高估了他們的聰穎；假設讀者有正誤的判斷力，卻讓人們模仿文中的錯例。他們擔驚受怕自己的作品無法不被誤讀，辯駁這是對的與那是錯的，但他們永遠不能稱心如意。他們用自己的作品做實驗，卻也懼怕人們的嫌棄，還幻想人們從中發現他用意的新奇。

「讀者們看到的向來都是文字的組合，作者透過文字表達的被人們誤解，隱藏在段落背後的被人們歪曲。從來沒有人能夠真正體會和領悟作者想要表達的一切，不要說他們寄託於辭藻上的文采，也不要說他們那不可表喻的言語。但當他們的作品因人們的解讀卻非文字本身的才華收到嘉獎時，他們便會和原有的思想反目為仇，那些原本的含義也因為他們的虛偽而永遠被掩埋。甚至，有的人懷著僥倖，用滿是比喻的說辭組合出一個個毫無關聯的故事，好等待著人們親自為其解答與褻瀆他自己也不明白的寓意，然後走到自己的王位，安靜地等待著人們的讚賞與批評。現在的文化產物也如同其他的商品一般生產過剩，在出版自由和文化自信的幌子下，是個人就能寫點東西，就能發表，完全不用去考慮它的社會效益。

「所以，我想在文學作品的基礎上，為了達到那個目標，直接跳到尋求思想和情感的契合，讓人們能夠體會我的觀點，遵循我的價值觀，能夠如我一般在當時那個情境和我採取一樣的選擇，進而在潛意識中種下思想的種子，來引導在沒有閱讀它時的一言一行。這也是為何我希望能讓陳覫幫助我們，研製出這樣一種在閱讀書時與作者感同身受的機器——你睡著了？」

「沒。我都說這種決定你只需要告訴我就好了，何必大費周章每次還來專門說服我。」

「同意？」

「有何不可呢？明天我就去拜訪他，跟他把這事兒彙報行了吧。你把相關的東西給我就好了，我知道你肯定早就準備好了。」

「我已經發過去了。」吳笑著搖著手中的電子設備。

召邊看著手機邊搖著頭，突然——「那如果這個成功了的話，豈不是所有讀者都得喜歡我？」

「那只好把書裡關於你的都刪掉咯。」吳笑著，漏出了牙。

# 寅時

待到《於情》的出版把共感機器帶入大眾的視野，人們對吳嘉康本人敷衍性的關注也開始慢慢轉移，不是他們感同身受的《於情》，也不是機器製造者的陳硯，而是超越前者的共感機器。陳硯被邀至賢舉集團後，成為了集團的首席科技官，有了動用集團一切資源用以研究的權力——董事會本是強烈反對的，但見兩個聯合執行長都全力支持，也便容許了。

陳硯所創造的共感機器，乃是一個金屬製成的頭盔，只有讀者在閱讀時配合著才可使用。共感機器會根據視神經的信號傳導識別出讀者目光所聚集地方的文字，打亂讀者腦中本有的情緒，把事先記錄的吳嘉康寫作時，或回憶時的情感透過電流與輻射賦予讀者腦中：讀者使用時，便可以感受到吳嘉康那時的情感起伏，是開心、是沮喪、是激動、是焦急、是無畏、是怯弱。文章不再需要長篇大論，一個符號就可以把作者的情感盡情地傳達。

如果讀者你現在能夠戴上這臺共感機器，你就會理解上一段文字中所蘊含的力量是多麼得強大：一個人在傷心時戴上共感機器，翻讀《於情》中快樂的片段時，他的傷痛就會慢慢地被和吳嘉康一般的幸福所感化；他並沒有忘記自己所遭受的苦痛，但情感裡卻已經滿是和吳嘉康同樣作為而自發形成的快樂。那些不符合他價值觀的行為，比如違背規則的喜悅，尊從規則的無奈，都會像吳嘉康的情感一樣，隨著時間的流逝漸漸適應，漸漸接受，漸漸成為吳嘉康。只要他不將書本合上，就算閉上雙眼，他的腦海裡也依舊充斥著這千萬縷思緒。沒有人不會屈服於這種強加的情感之下，所以人們乾脆放下自己的身分，和吳嘉康一樣，繼續往下一個段落念去。

隨著共感機器的更新迭代，讀者在閱讀時儘管沒有淋雨，也能因為機器的控制有全身皮膚浸濕的感覺——作者當時的處境，無論是發自內部的情感，或是來於外部的刺激，讀者都能真正設身處地地體會。當然，人們既然戴上了共感機器，就期待忘記屬於自己的全部，好讓自己成為真正的另一個人，而非僅僅是他想像中的人物；雖然共感機器不會抑制讀者主觀的思考和情感，但與其做一邊感受一遍批判這種給大腦極大負擔的工作，還不如老老實實地在閱畢後再去回味和比較這些不屬於自己的經歷。機器本身也從一個碩大的頭盔漸漸變得輕巧便利，先是成為頭戴式的耳機，接著又變成套在頭上的金屬絲網，如今只需帶上一個項鏈，就可以達到同樣同感的效果了。

# 卯時

人們對共感機器的興趣只增不減，賢舉集團便順勢推出了十幾部可配合共感機器使用的文學作品。按照初始的計畫，這些書都是由吳嘉康來編撰，最多也只是讓召吉巛參與出版幾本，好讓人們在思想上和賢舉公司的精神領袖一致，進而使人們認為賢舉公司對於他們的生活乃是不可或缺的，生活中無論幹什麼，都只選擇去用賢舉集團的產品和服務；賢舉集團的員工也被要求佩戴上這種洗腦設備，毫無怨言甚至絕對欣然於聽從那些自己從來不願意服從的命令。當然，按照他倆的話來說，這些都是為了大同社會而必須經歷的小康經濟，「我們積累人們的財富，也都是為了這個目標。」

可是，人們並不為此買賬。有人批判，那些為了美好生活而奮起鬥爭的勞動者、科研師、革命家卻收穫不到對那些粉墨登場的戲子般同樣的擁護與愛戴；但到了最後，人們還是會屈服在後者的膝下，因為沒有他們，那些做出變革的人們的行為就失去了意義。如果前者是為了別人和自己更加幸福，那讓另一群更能提供快樂的人藉助他們的成就提供更多的快樂豈不是更好，而如果他們並不出於這個目的，那他們這麼做不就是有病嗎？

所以，人們要求更多共感書籍的出版，如果賢舉公司不再出版更多的共感書籍，人們就要抵制賢舉公司的其他一切產品。人們打著「萬家之眸已盲」的旗號，揚言賢舉公司這一不滿足人們知的好奇的行徑乃是和社會人文精神發展背道而馳的。已經購買了賢舉旗下產品的人們不去暴露自己違反革命運動的行為；不能預測社會風潮的不幸者因「張揚」自己所有賢舉公司的產品被積極分子視作異己，直到他們所「炫耀」的賢舉公司的東西被公開行刑銷毀。人們在享受賢舉公司優質服務的同時口吐骯髒的言語，解釋著自己的迫不得已：是他們壟斷了這類服務，否則我們才不會無奈地選擇它——「讓我們聯合起來和他們抗爭到底，等到沒有人購買他們的服務，就是真正屬於民族的品牌誕生之時」。而包括能源、交通、通信、郵政、生產力等掌握在賢舉集團下的社會基礎設施和服務，則被人們選擇性地無視：只要這件東西的品牌不是賢舉的，就算製造它所需的能量是賢舉集團的，我也支持和購買它，只因為它不是我們公敵的！

「人不犯我，我不犯人」、「是可忍孰不可忍」的呼喊成為浪潮，拍打在召吉災的前胸後背，逼迫他從口裡擠出這樣的話語：「集團下各公司所有員工使用共感機器錄入儀完成任意內容的製作，字數不得少於十萬字，基層員工限期十二個月，每往上一級時間限制少一個月，直到限期一個月；不能按時完成工作者當即開除，精確到秒。」

人類用了多長時間才讓自己的衣食勉強無憂，好不容易打開精神索求的大門，卻又一次墜入瘋狂的陷阱。歷史上屈指可數的人們為了滿足某種目的瘋狂得連食飽衣足都不顧的時期，賢舉時代算一個。在賢舉放出將大批量製造共感書籍的消息後，大眾的憤怒轉換為對全體員工的催逼，那些下了班的員工，但凡被人們知道是賢舉公司的，便會聽到「你的工作完成了嗎？完成了？你的書寫了嗎？沒寫？那這叫完成工作了？什麼？才寫了這麼點？那你還在這兒閒逛？你別吃飯了，趕緊去寫吧！這個時候了你還睡什麼覺！」的話語；正如同一直以來人們從來不為那些謙虛於表現自己的有能力者歡呼雀躍，只有那些出過書的，發表過作品的，贏得過獎項的方是真正的人才，否則就都是一無是處的存在。無事可做的人們招展著橫幅標語聚集在賢舉大廈，更有甚者不惜重金使用飛行器將他們美好的期待直接傳達給居住在賢舉公司員工住宿層的人們，好讓他們儘快完成這偉大的使命。

一個月以後，賢舉集團董事完成了他們的任務，召吉巛本以為按部就班地完成能抑制住人們的情緒，但在這些共感書籍銷售一空，在不到一周的時間裡，那些情緒就又開始複燃——他們再也無法等待更久；就算他們知道那天到來的必然，那也不可以。

於是，召吉巛作出開放共感機器的全部「源代碼」，允許人們進行一切開發的決定：人們可以自由地使用錄入儀注入以自己的情感予自己作品，已有作品的為自己的作品補充自己的情感，為作者已故的作品輸入自己的感情。「一千個讀者眼裡有一千個哈姆雷特」的論斷不再有效，取而代之的是一千個情感錄入者。

只可惜，這種腦科技並沒有換來人們對醫療、對心理、對語言與文化、對跨生物交流更為深層的研究與期待，人們有的只剩下和共感機器一樣的存在——非理性。

# 正卯

世上同情的人多了，精於利用同情的人就樂了。一切的藝術失去了它的地位，相反，演說家，或是善於煽動情感的人成了當代最為人矚目的「文學大家」。

自從共感機器誕生以來，同情的定義從「對別人的不幸遭遇產生相同的感情」開始完全地傾向於「對別人的行動表示贊同」的解釋。「為了創作需要」，那些錯誤的行為被賦予作者絕對正確的情感緣由，它致使人們在閱讀後，竟視因微小且單純的言語衝突而將人殺害的行徑為可以理解、接受和支持的。

在情感契合的作用下，普世價值被共感書籍的作家打破，這些人撐著虛構的幌子擺脫責任，法律宣揚的出版自由，或是言論自由，或是思想自由，總而言之不知到底是何種天賦人權，讓他們之中的任何一個都無法受到制裁。他們刻意渲染那些挑戰公序良俗的故事與情感，並在現實中嚴守規則，好突顯他們本性的善良；又將眾人都有的對殘酷和血腥的快感置於文學作品中，使得用他們的藝術創作滿足人們作惡的期望以不付諸實踐成為正當之舉。

別有用心的甚者切斷了使用者獨立思考的許可權，讓後者澈澈底底地被虛構的歷史所洗腦，讓那些假的成為真的，他人的成為自己的，少數者的成為全體人的。以往好的觀點被以往邪惡的人宣揚，以往壞的立場被以往正義的人讚頌，世間人們的觀點成為截然不同的兩類，無一人得以倖免；而如今，也再沒有所謂好壞之分，因為在不是以往好的人眼中他們永遠是正義的，在不是以往壞的人眼中，對方永遠是虛偽的。

共感機器的問世象徵著人們對思維研究的登峰造極。這意味著，人可以透過這項技術真正達到控制人心的目的。人們瘋狂追捧這種共感的同時，卻忽視了人間最為恐怖的技術已經研製成功：一個人會被輕易地愛上別人，會被輕易地做出損害自己和他人利益的事情，說出不當的言論，選擇錯誤的立場。

人們發現了事情的嚴重性後依舊不以為然，因為總有清醒的人存在。他們自以為，面對共感機器的發明，可以輕易地辨別出誰乃是愚笨，誰乃是聰穎：明明只要不帶上共感機器就不會受到如今思想行銷的影響，這些思想商品的壟斷也終會停止；但是技術的進步卻從來不等待自以為是和遊手好閒的人們，甚至都不留予他們和伸張「共感思想市場」的自由主義派爭鬥的時間。共感機器影響和控制腦神經的裝置已然突破可攜式裝置的束縛，被安置在大街小巷；激發標也從書籍轉換到了各種物體之上。比如，看見一個廣告看板，牌柱上安裝的共感機器讓人們如果不去購買這個商品就會有非常危險的感覺；看見一個人，他身上的共感機器讓他身邊的好友如果不去攻擊他就會有非常危險的感覺。這種危機感觸及人們求生的慾望，除非經過有素的訓練，誰都難以抗拒。

——但這又怎麼去訓練呢？

且不說商家為了宣傳自己的產品而放置共感輻射讓人們購買，其競爭對手同樣放置共感輻射好讓人們抵制，人們腦子充斥著截然相反又同樣強烈的兩種情緒給人們精神造成的危害，一些組織為了達到自己的目的，會刻意錄入非常極端的情感好讓人們百分百地服從，同時利用人們期望自殘和受迫害帶來的快感，比如墜亡、斷胳膊斷腿、窒息等等的感覺，也就不可避免地出現了使用者本身沒有任何危險，但大腦錯誤判斷身體各器官已然衰竭進而腦死亡的情況。

整個社會面臨的危險早已不是數年前貨幣電子化時期，駭客集團篡改數據致使人們的財產受到損失那麼輕易的小事了——每個人都畏懼，懼怕自己不知何時會臨陣倒戈恩將仇報，做出自己竟認為理所應當的荒唐透頂之事。人們只有攜帶著共感輻射的探測器，才知曉和得以躲避，可那些邪惡組織卻把輻射源放置於醫院、公園、影院、餐廳等等公共場所，讓人們只好蜷縮在家中，假裝銅牆鐵壁能夠阻隔共感輻射，以防他們毫無躲閃地暴露在獵人的視線裡。

# 辰時

「你說你喜歡太陽／我也發瘋似地喜歡上了太陽／不再未雨綢繆／因為心裡有你這我底太陽」的文字再沒有浮現在《於情》裡，吳嘉康的名字也再沒有躍然於賢舉集團高管名單的紙上。

吳嘉康向董事會遞交辭呈已不是集團的內部消息，但人們源於恐懼的憤怒卻沒有指向這臨陣脫逃的罪魁禍首，而是劍指將這一技術共用全民的召吉巛，全然不顧是誰呼喊著讓他這麼做。初升的太陽把人們新的要求照亮，也讓召吉巛看清他永遠無法滿足人們需求的事實。

邪惡組織雖然能夠運用共感技術，但依舊無法突破賢舉公司的技術限制，所以他們一方面運用共感機器指揮著人們胡作非為，一方面又不讓人們的怒氣產生消滅召的願望，否則就是自掘墳墓——召吉巛亦是出於同樣的理由。那些被共感輻射腐蝕思想的人們慶倖賢舉集團的共感技術保留記憶的功能，也就是說，自從共感機器問世以來，就算有人被加以「你沒有被共感技術影響」或「世界上不存在共感技術」的概念，他依然可以明確有這樣的技術，並且絕對相信自己一定被共感輻射所影響，這也成為共感輻射氾濫時代的唯一真理。所以，無論是那些始終清醒的人，還是倍受摧殘的人們，都清清楚楚地知道共感技術的危害；土地上的民眾一致要求召吉巛採取措施來終結這樣的亂局。

可是，要消除共感技術的存在實在太難。它不像許久以前國家放開淫穢色情產品，激起一片狂瀾又突然地平息，共感技術給了人們新的契機，它的浪潮已然把所有的陸地淹沒，人們學會了如何在海裡生存與呼吸，就再無法去開墾耕地。賢舉公司丟下一粒火種，現在想要撲滅，也無法抵抗這廣闊的火海。召吉巛只能讓烈焰中的人們佩戴上墨鏡，好不被火焰攀上自己的身軀；他們想動用另一種海水來撲滅或掩去燒焦的痕跡，但他們一是不敢，二是不能——直到召吉巛聽到許誤大駕光臨的消息。

## 辰正初刻

「召董。」

「別價，許書記。」召吉巛從墨鏡中窺著這個他許久未見，同樣戴著墨鏡的曾經的同學與好友。

「嗨，召班長您不也這麼叫。」

這些敬詞裡沒有召的一點卑躬屈膝——「喝什麼？」

許誤，與召、吳、陳、謝四人乃高中同學。由於任ㄩ省省委書記一職，為了避嫌，吳嘉康不僅沒有在《於情》中將其加以構建，甚至將他直接刪除，把他的身分轉化為謝的第二人格；雖然聽起來略覺不快，但許確實能夠理解和感謝。

「吳嘉康有消息嗎？」許拿起茶杯嘗了一口，顯然被燙到了。
「沒。」
「這都多久了？」
「留下這麼堆爛攤子——估計去哪做他自己認為正確的事吧。」
召吉巛繼續在茶具前擺弄著。他時不時瞟一眼許誤，見他也沉默，就一次次地肯定自己猜到了許誤的心思；如果不是這個人當上了ㄩ省書記，給了他和吳嘉康愛的結晶便利，召吉巛絕不會饒恕這個曾經想奪走他的所愛，甚至是侵犯過的人渣。他的腦海裡是兩個赤裸的男人相擁，但卻無法幻想出更多的情景，因為他一點都無法接受這種同性之間愛的存在。——但他沒辦法發火。
「所以是來敘舊的，還是來嘲笑我的？」
「噯，哪裡哪裡，那可不敢。」茶的溫度涼了下來，得以讓許接受，不過緊接著，許誤便告訴了召，國家即將借用共感技術管控眾人的計畫。

「不可能。」召大腦的回路一向令人詫異：「一是現在真正掌握共感技術的只有我們，完全清除共感輻射的技術也只有我們才能研發出來；二是你們做不到在事情嚴重到如此地步的情況下還拿社會穩定的說辭使用共感技術，我們同意了，沒有人會不去抗爭的。」

「你還記得永知未已嗎？」召吉巛突然停下了動作，抬頭看許誤，「看來是記得了。」許低下頭繼續擺出用空茶杯喝茶的動作，「他們已經破解了共感技術，能夠完全遮罩輻射，並可以修改其輻射內容了。」許說完，抬起頭，等著召吉巛繼續為他添茶，然而召只是將信將疑的模樣，凝住了身子，許便起身，從公事包裡拿出了一疊文件給召。召接過，檔封面上「絕密」「ㄩ省人民政府」「╳╳╳共和國工業和信息化部」的字樣映入召吉巛眼簾。

召隨便翻閱了幾頁，便起身走到電話座機——一個十足的古董——旁，只見許誤也跟來，壓住了召的手臂，直到召說出了那個名字，許才放開。召吉巛按下其中一個按鈕，對著話筒說道：「你來一下。」

辰正一刻

「如何？」

「難以置信……」陳覛說道，然後鎖著眉頭，「除非是——」陳突然打住。

許誤為了能展現自己知的豐厚，沒有給陳更多的沉默時間：「除非是拜謁特駁吧？」

「……這又是什麼！」召看著相覷而沉默的兩人，向許道。

陳歎了一口氣，眼珠下移後悄悄閉上了眼睛，「B.E.T.P.——生物引擎仿生技術工程（Biology-Engineerizationics Technology Project）」他解釋道，「是趙元。」

當陳覛口中蹦出這個名字時，召吉巛的思緒立刻回到了數年前，但他的記憶我們放在下一節再去回溯，而此刻召吉巛的腦子裡如同塞滿了上百只蜜蜂，它們展翅的轟鳴聲讓召吉巛聽不到周圍的聲響，也看不清下一步的方向；可召吉巛認為這不是蜜蜂，是蒼蠅，還是特大號的。

待召吉巛回過神來，陳依舊滔滔不絕：「……所有不為人知的科學技術，他們都有研究。最後一個團隊就是拜遏特駁，也是我領導的團隊。研究的方向就和它名字的不定向解釋一樣，在生物體內製造裝置使其裝甲化，在裝置上植入生物的部分使其生命化——所有『生物』的意思都是代表其有自己獨立的生命和意識——或是生物自發的能量為裝置蓄能，裝置作為引擎為生物體供能；而『-nic』的意思就是讓這些裝置代替生物體的某一組織或器官，讓拜遏體更像是生物本身的樣子罷了。」

「所以？」召吉巛問道。

「所以，如果用拜遏技術，是可以過濾掉共感輻射的。」陳又翻了一下檔，「嗯……因為如今市場上的墨鏡普遍都用這一類的材質，弱反光能力阻擋了共感輻射的特定波長，所以只要在腦神經——不，只要在頭皮上敷上一層阻礙輻射的機械層，然後用拜遏技術將機械層和頭皮聯合在一起，就可以阻斷共感輻射的影響了。」

「也就是，他們不過是發現了輻射的波長，然後簡單研製出一個防護罩？」

「沒有這麼簡單。拿墨鏡來說，它雖然可以阻擋共感輻射，但讓人們獲得的光變少，如果僅僅是簡單的防護罩，那肯定是會對人們的生活帶來影響，沒人會買賬，加上總會有人不斷地更新共感輻射的強度，修改它原有的波長範圍，那就得透過計算系統來調整防護罩的阻礙頻率。只有在拜遏技術下，才能讓防護罩在沒有外部供能的情況下持續運轉並接受新波長的訊息，以及進行檢測和計算以自動遮罩。」

「所以這是結束一切的唯一辦法。」

「是的。」陳覞說，「並且，一旦這個裝置被安裝了，以後所有的人工輻射都可以抵擋，再也無需擔心——」

「——當初你為什麼不這麼做？」

「做不了！做出來沒有人會接受的，人們本身就對造成這一切的我們恨之入骨了。」

「你當許誤有什麼用——」

「——那也沒辦法。」許插嘴道，「在這份計畫出來前，我們都以為拜遏特駁的成員死了，甚至連陳覞是他們中的一員都不知道；就像之前他說的，永知集團為了讓他們專心研究，早就把他們從人間抹去了。」

「我們不能有自己的技術？」召吉巛反駁道。

「我一個人做不到，拜遏特駁雖然是我領頭，但——」陳停頓了一下，「而且，沒有天賦的團隊我也帶不起來。」

召深又短促地歎了一口氣，「現在呢？把他們拉過來？還是怎麼樣？」

「老闆，別想了，沒用的！人家和政府的協議不是僅僅只有解決輻射的問題而已，機械外層是拜遏體，內層是由政府親自控制的共感輻射發射源啊！」

召吉巛沒有言語，再次拿起許誤帶來的文件，翻看被他忽視的那點來肯定陳覎的說法；許盯著不語的召，陳也不敢在大吼之後再發出一聲動靜。召吉巛站起來，走到他的辦公桌前，然後停住腳，頭也不抬地示意陳，說：「走。」

「……去——哪裡？」

「滾」字不敢有一點情感和一絲情緒地洩了出來。

## 辰正二刻

會客室裡又剩下了兩個人，召吉巛也坐回了他原來的位置。

「你們的說辭呢？」

「你現在還覺得需要說辭嗎？」

召吉巛不語，他憤恨今天自己如此多次的沉默，「那你們要怎麼做？」

「看來我要從商業洩密者進化成國家洩密者了——基本上就是一邊宣傳，一邊調派武裝力量強制進行設備的安置，然後利用他們的口舌二次宣傳，直到所有人都安置上；武裝和國家權力則根據職位高低安置和分管控制共感輻射的許可權。——更細的我也沒法說，也不知道。」

「所有人都成為喉舌嗎。」

「不，只是前期這麼做而已，畢竟只有少數人不被要求安裝，所以最後的決定除非是緊急情況，應該不會使用它的，基礎的也就只有不去搞什麼叛亂。」

召吉巛又一次不語。

「得了吧，我這個級別的到時候都得裝呢，甚至不如那些在中央工作，比我級別還低的呢；你也會的。你別把這事想得那麼糟，反正生活照舊嘛。」

## 辰正三刻

「結束以後我們抽空敘敘舊吧；你不會——」

「沒有。」召斬釘截鐵，「我們會常見面的。」他說。

## 子時初刻

從大學畢業了的召吉巛並沒有放棄「萬家之眸」帶來的經久不衰的利益：因人大事件走紅的他獲得了巨額的投資，不僅購置了一批新的設備，也擴大了自己的團隊。

「萬家之眸」繼續探索著世間的何、為何與如何，人們每天的生活也因此增添了知的快樂。人捧著網路終端，只要是有空的時候，就會去看看那些新的，他所最熟悉但不了解的事物，而就算是他已知的，也想從「萬家之眸」中欣賞召吉巛極其客觀和絕對通俗且正經的描述。「萬家之眸」不僅成為眾多教育機構的選擇，還成為政府宣傳和普及的工具。

只是，雖然「萬家之眸」獲得了尚是富裕的資產，突破了本來也不存在的資金難題，但迎合市場與客戶體驗的瓶頸必然也隨之而來：以前，人們提起

「萬家之眸」都是在彼此分享獲得的新鮮知識或是為那些冷門而打趣，可如今，觀眾卻認為「萬家之眸」無比幼稚，縱使他們的的確確地不清楚，卻也論說著這是個人都應該懂得它的道理，然後在彼此列舉出的證據裡習得它的究竟；人們從不拒絕去學習，並且也從來都會有學習的快感，但在集體主義已然衰敗，證明與標榜自己乃成重中之重的時代裡，人們永遠都不接受要將自己矮化，更不要說是暴露自己短處的教育。

然而就在此時，新的名字卻出現在人們的眼前，死死地握住了人們的眼球。

這一切始於「萬家之眸」發布了《海燕安飛》的影片後。《海燕安飛》以海燕為例，系統地介紹了大部分鳥類的生理構造，它們是如何藉助自身結構和流體力學在空中展翅高飛，以及這種結構和運用在仿生學上為人類帶來的啟迪等等。無論大人小孩，無論愚笨聰穎，只要看過《海燕安飛》，都能在面對

「鳥兒為什麼飛翔」「飛機是怎麼產生的」「人要怎樣才能上天」的問題時對答如流——可是，這依然是講說式的教學，一旦它恆久，人們終會找「我自己也可以探索出來」的藉口來反對它的一成不變。永知公司正是抓住了這「教育改革」的契機，讓人們在觀看完《海燕安飛》後，不小心點開《海燕安去》這一「特別篇」，就再也不能自拔。

《海燕安去》乃是由永知公司將海燕的雙眼剜出，為其移植了兩顆機械製造的眼球，拍攝而成的。這顆眼球不僅不會阻礙海燕本身的視覺傳導，甚至可以利用海燕本身的能量為其供能，還能將周圍環境進行攝錄，透過無線網路將視頻內容傳輸回來。人們沒有去探尋這樣的影片是如何製作出來的，因為他們大可陶醉於像鳥兒一樣，透過他們的雙眼，透過後期稍事調整的適合人眼的觀察模式，使人們以立體影像的形式，不僅能知道它飛行的軌跡，甚至如它一般翱翔在空中。

利用這種技術，生物的視線被人們得知，遷徙的軌跡被人們得知，體態的構造被人們得知，人們對生物的理解又更進了一步。如果說，現今網路上只有這種獲取知識類型的影片，那麼人們所觀看的不是屬於「萬家之眸」的，就是來自——

「永——知——未……已。」

「永知未已？不是『已』字？」如今競爭對手已經威脅到「萬家之眸」的地位，召吉巛卻連對方的名字都不放在心上一樣，一邊剪輯著新一期的視頻，一邊頭也不回地敷衍道。

「『在這裡，探索無窮盡的知識，永不停息。』是『已』的，」D低著頭，手指在移動終端上滑動著永知的網路站點，「你看，這裡穿過去了。」

「哦，我以為是那個意思。」

「永遠的知識……未必是……為了自己？」D疑惑。

「不，同音字；『以賢勇知，以功為己』。」

「那是什麼？」

「小康——」召吉巛扭過頭來，輕蔑地笑著說：「不過如果是想對戲的話，不如直接用『上帝之眼』。」

「尚——迪——知——焉。」

「什麼玩意兒。」

「和他們的英文標語很搭啊！」D把移動終端展示給召，是「永知未已」視頻的結尾，寫著英文「B.E.T.P.」和「Best Education Tells Philosophy」的字眼，D先是讀了一遍，然後說，「這不就是『尚迪知焉』嘛。」

「哈，就你中文十級。」召扭過頭繼續看著電腦螢幕，輕聲自語著，「哲理……」

「呵。」

當雙寡頭模式出現時，尤其是在「永知未已」利用克隆人，從將克隆人進行殘忍的殺戮，好滿足人們看見別人受傷的殘忍景象而產生莫名的快感，到把以「當頭顱被砍下時」「向人體注入大量空氣時」「當手臂向反方向折疊到底時」「當人體受到重物擠壓時」等等為主題的影片布之於眾時，召吉巛也再不能按耐；這並非是因為他多麼慈悲，實在無法接受這種殘忍的行為，而是此刻他還並不清楚究竟——他所想知道的，只有這個讓他覺得不適，卻也十分激動的，真實得如假包換的影片是如何攝製的，以及他如何能夠打敗「永知未已」，從它的手中奪回屬於「萬家之眸」的市場。

於是，召吉巛利用了一些手段，徹底搞清楚了「永知未已」所攝製影片的祕密——由於召吉巛尋得資訊的途徑和方式並非全然合法，我們在此也就不做介紹了；同樣，為了儘快回到我們原本的故事，「現在」發生的事我們也盡可能地說簡潔一些：

正如召在他後來出版的學術著作《動權力的資訊保障：輿論戰爭》中所說的那樣，由於「永知未已」的行為本身並沒有違反法律，就算其是不人道的，但沒有先行的法律可以制約，所以為了達成召在法律制裁以外對其進行毀滅的目的，他只好選擇對其展開輿論鬥爭。

雖說是個人都可以看出挑起輿論鬥爭引爆點的是「萬家之眸」，但人們依舊信服了召吉巛所代表的「萬家之眸」發布的長篇大論；人們認為，以將機械安置在生物體內替代其原有的器官乃是不人道的，利用真正的器官進行殘忍實驗是反人類的——這些觀點並不像政治立場那樣敏感與危險，所以人們理所應當地在網路的輿論場中積極地表達著自己支持的態度。當然，召吉巛並沒有把克隆技術公布出來的計畫，因為他發現，這項工程竟是由他的高中同學陳覎所領頭——不管是出於曾經的友誼防止他備受輿論的壓力，還是為了其他他不為人知的目的。

永知公司乃是聰明的，他們也知道引出複製人技術對他們的打擊乃是滅絕性的，但又無法解釋被他們大卸八塊的人體器官從何而來，加之對這迷之個體的殘酷對待，所以在後來，他們只好選擇發布「永知未已」專案無限延期的公告，並繼續沉默不語。

隨著檢察機關的介入調查，人們也便開始淡忘這件事。

## 子時三刻

輿論戰爭之取決有三：㈠事件是不可被審判的；㈡事件是不能被審判的；㈢無論事件是否可審判，但判定始終不足的。

……第一項從理論上是基於利益衝突雙方之一為司法系統，致使司法系統拒絕裁判調和關係的情況，但通常由於司法不獨立，與司法機關有利害關係者是利益衝突雙方之一，如社會權力機構、立法或行政機構，甚至企業、組織或個人。

……第二項是指特定事件不違法（但有悖如道德、倫理、傳統、風俗等），或無法可依。

……第三項之重點在於在法律無法在調整權利義務的範圍以外對其進行制裁，如名譽的損毀，消費的抗拒等。

輿論戰爭始於利益對立事實的發生．事實所指：㈠利益衝突的事實；㈡指向利益衝突的特定事件。

……特定事件的表現形式爲一方首先陳述，一方首先陳述可爲無中生有，可爲誇大其辭，可爲既成事實。

爲了搶先獲得輿論支持，一方首先陳述應當滿足以下的要求：㈠關於事實的完整的說明；(二)立場的表達；(三)證據的補充；(四)情感的親近。……此四項是對陳述內容，或稱表達形式的要求，其本質上是以當次事件爲例進行觀點的說明，必然囊括立論和證明兩部分。

只有在輿論審判中，非法取得的證據方能有效，證據的認可取決於輿論場的智力水準。

當一個事件成功獲得關注時，那些得知了並且已經有自己的支持反對觀念的人，會要求其他人進行表態；通常，不表態的人會被認作是持反對意見而畏懼表態的人，所以他們也會待後者如自己的意見敵人。

輿論戰爭的過程簡單來說，即是透過雙方的相互陳述和證據交換，獲取輿論場的大多數支持，進而迫使一方採取行動，或止於公眾對一方採取報復。

一方首先陳述後，倘若另一方未做回應，就算人們的理性支持後者（包括前者的證據存在紕漏），但情感上所支持的依舊是前者。

輿論戰爭勝利的條件：㈠不利證據的完全消滅；㈡適可而止的補償要求。

輿論戰爭的起點是一方首先結合大眾價值觀陳述而引發關注，但當另一方長久不作回應，沉默地採取措施時，隨著時間的流逝，人們也會減少對該事件的關注，直到輿論針對完全消亡。

……縱使日後人們還會回想起該次事件，但那已無關緊要；倘若事件依然影響著作爲公眾的權益，那麼人們自始至終就不會放棄意見的針對。

——《動權力的資訊保障：輿論戰爭》

## 子時二刻

召吉巛並沒有繼續對「永知未已」的討伐，因為至少在目前，他的眼中釘已經拔掉，他不僅獲得一批忠誠的跟隨者，還讓他得以與高中同學重逢，就已經讓他心滿意足了；陳覛得知「萬家之晬」召吉巛的消息後，立馬從那裡辭去，好永遠不和召處在利益的兩端。

遙遠的不久後，「萬家之眸」被賢舉公司納入麾下，而代表大同的賢舉總會再一次登上人們目光聚集的舞臺，給小康以致命一擊。大同戰勝小康乃是必然的，沒有任何的理由，問題永遠只會是導致這一結果的人是誰，他想要什麼時候讓這件事發生——可是召吉巛卻知道它要什麼時候發生。他又怎麼知道一定是他，將完成這一使命呢？

因為他知道，他「理應成為一個偉人」。

# 已時

召吉巛又怎能容忍這樣的事繼續下去，莫非要他容允他辛苦一生打拼出的成就就這樣付之東流嗎？是故，召吉巛選擇了走投無路的妥協，宣布召回全部共感機器。

召吉巛又一次約見了許誤，希望許能向中央政府傳達召的立場：動用國家力量讓共感機器徹底消失在這個世界之上，以不告知人民國家企圖的承諾換來中央能取消使用共感技術控制眾人的決定。於此，國家強制力的代理人們被允許換上賢舉公司雇員的裝束，毫不留情面給那些藏匿共感機器的人們，以及賢舉。

聽到中央的許諾，召並沒有去質疑中央竟是如此好說話，因為他又拿起了

「他理應是個偉人」的論斷，也可能有一些許誤的原因，認為這順利乃是理所應當的，困難不可能在他明智地解決後又再來一次。所以，他現在所想的，就是如何根除掉永知集團，這個在他道路上永遠出現的，不可回避與逾越的障礙。

## 巳正

就像當初召吉巛從ㄩ中轉學到ㄎ中一樣，極端的實用主義思想讓他畏懼又厭惡那些不再和他走下去的ㄩ中同學，加之他必成為偉人的論斷下，沒有人值得他去效仿與崇拜。既然已經斷了彼此間本有的聯繫，那麼繼續擺個好臉還費心維持這種關係就一定沒有必要了——對方肯定也會這麼想，肯定也會不再看待我的利益，所以在其他人背叛之前，他必將先邁出第一步。許已升遷中央，召也就可以不必擔心他接下來的一舉一動會影響到前者——既然中央已經許諾了的話；況且，日後待許誤追問起來，召完全可以用別的理由當作祕密的新計畫來蒙混過關：召吉巛人生中太多對他的誇獎與期待成就了他一切的能力，其中也包括自我肯定的能力。

因之，召吉巛又一次開始了他拿手的好戲，把許誤走進他辦公室起他所知道的全部，都一五一十地撰寫成文，不敢有絲毫的臆構與隱瞞。召吉巛清楚，如此「頭等」大事，如果有一絲的差錯，他面臨不僅是法律的制裁，道德制高點的斷頭臺同樣會向他掄起利斧；它甚過死刑的絕對，人們會用言語和行動來搗毀召吉巛所擁有的一切，他的成就他的過往，他的友人，他的父母，他的祖祖輩輩——那早已不是將他們的墳墓刨開，往裡傾倒糞便一般和藹之事了。

所以，召從自己的兒時開始，到幾年前的「海燕事件」——他不敢在這個極度依賴共感技術的時代輕舉妄動，但又渴望人們能夠重拾透過文字來理解彼此並為之動容的可能——為了讓他的情感準確地傳達出去，他毫無保留地講述著自己的故事。他不在乎他齷齪的歷史，不在乎克隆技術公布出去所引發的非議，他不在乎當權者的報復，不在乎任何人和他的絲連；他要讓他的每一個文字都指引著讀者向著唯一的解讀，讓所表露的情節絕無異議，讓所產生的情感都沒有歪曲，讓人們明白，當今的毒瘤並非是賢舉和召吉巛，這個事實的絕對與唯一。

　　無論人們是閱讀這個警告，或是收聽他的陳述，人們都能意識到，如果不站在召吉巛的一邊，那麼每個人就成為了真正的奴僕，一個發自內心為別人當牛做馬，甚至都不如的走狗。只要他們站在召吉巛的一側，只要他們還擁有作為人的尊嚴與對生的渴望，那麼就算將他們的頭顱全都刈下，他們的雙目也會緊瞪著面前人民的敵人。然而，

輿論戰爭的基礎，乃是存在一個獨立運轉的資訊系統；只有存在言論內容

不受審查的純白媒體，網路才能眞正充當動權利資訊保障的角色。

——《動權力的資訊保障：輿論戰爭》（再版）

# 隅中

故天將降大任於是人也，必先苦其心志，勞其筋骨，餓其體膚，空乏其身行，拂亂其所為；所以動心忍性，曾益其所不能。

但很明顯的，對於召吉巛給出的承諾，許誤知道這根本不可能作為談判的條件。在中央關於思想控制問題解決領導小組工作會議上，他聰明地以此舉作為在危急情況下增強人們對政府信任的工具；先消除人們的恐懼，再名正言順地加之以控制繼而實施國家的計畫，被與會的中央政治局領導認定作後起之秀，加上後來知曉其與召之關係，為了時刻掌握召的動向並防止召對他的利用，將其從ㄩ省調職至中央，委以全國政協副主席之職，實際成為解決此問題的二把手。

喜悅中的許誤並沒有搭理傲慢一絲，因為在召知道這一切不過是個幌子以後，他一定會再來找這個他最親密又最貼近掌權者的自己，而他也一定能從中獲得更多的東西和更高的地位。就算失敗，但畢竟人生嘛；就算召不反抗，也畢竟人生嘛——既然都是人生，那就只告訴召吉巛，「中央應允了」就好，畢竟人生嘛。

而賢舉公司面對的，可就不那麼讓人稱心如意了。所有人對賢舉造成的錯誤，以及如今已然侵犯他們合法所有權的行為，訴諸法律卻被國家以共感機器乃是管制物品，收回乃是合法合理回應，懷恨在心。賢舉公司的股價一跌再跌，在極短的時間內便直接進入「*ST」狀態，董事會一方面和政府處理著收機器回之事，一方面做著退市的準備，甚至開始計畫破產前的清算。

召吉巛那些預想的反應，也沒有真正地在他眼前呈現。這是一個善意永遠也無法傳播的世界，所有人都被扣上了不分青紅皂白的帽子。召吉巛此時本可以切斷由賢舉集團掌握的當地的水電資源，好讓這裡的人們食不飽衣不足，好讓他們全部重新從服於他，只不過多了恨意。但是，如果他這樣做，不但失去了人們的信任，國家也不可能放過他；人們為了生存，可以殺人放火不惜一切。而對於召吉巛，傳達自己的話語，讓人們從「連自己的生命都保護不了還怎樣去憐憫他人的」的思想轉化為信仰「犧牲小我為了大我」的境界，進而就算讓他們活得差一些也沒一點怨言，是最好，也是他最擅長的選擇，他無法不去孤注一擲。

如果說這是一個絕對資本主義的國家，那作為賢舉集團執行董事的召吉巛，就當是這個國家，至少說是凵省的王了；可惜它不是。如果說永知還是幾年前那個根本不可與賢舉集團匹敵的存在，那就算勾結上了政府，召吉巛也依然有各種手法應對；可惜它也不是。政府相信著自己對權力的掌握，相信著永不可能任由人們的風吹草動，但面對金錢這最為偉大的武器，沒有什麼是人不敢為的。殺人者可以用金錢找到替罪羊，有多少人能不顧自己患病的家人於死不救，不去選擇牢房之福；作惡者用金錢買通證人的喉嚨，又有多少人無端地堅守著毫無用途的良心，反而去質疑刑訊逼供。

永知集團和國家對當時各大社交和新聞網站的賄賂與操控，讓召的話語連張嘴的口水音都無法傳遞出去：網站的技術人員全都不顧那些散發謠言的人，而是把精力放到了所有召吉巛發出、召吉巛可能發出、經過反向追蹤從召吉巛那裡發出的資訊控制上。他的話語無法傳遞出去，人們對他和他的利益集團的態度就不會改變：他想訴說，但在他措辭時，他的舌頭就早已被割去。

丂市賢舉集團股份有限公司攜下屬各公司（後統作「賢舉集團」、「集團」或「我們」），向凵省人民、集團眷屬及閱讀本函的閣下，致以最爲深切的歉意：

我們，就開發共感技術，試圖使用違背倫理道德之手段發展集團事業而罔顧閣下個人選擇一事，向閣下致歉；我們，就開放共感技術，致使共感輻射對閣下的生活造成重大影響，讓閣下陷入不安與恐慌一事，向閣下致歉；我們，就在事件極端嚴重時，未能為閣下作出及時的回應和採取有效的措施一事，向閣下致歉。

賢舉集團從不對任何人以棄如敝履的態度對待。無論是否直接受過我們的服務，一直以來，我們都將全體山省人民，包括閣下視作衣食父母，我們無時無刻不在關注著山省人民生活的每一個角落；我們所期望的，永遠都是為山省人民創造更為愜意與便利的生活。

我們的願景早在創立初期就已然確立，也正是存在和堅守這樣的初衷，我們相信，才能收穫閣下長久以來的支持與鼓勵，也才能有如今的成就。可是，提出這一美好宗旨，作爲賢舉集團創始人之一的召吉川先生，卻首先與其背道而馳。

召吉川先生一直以來都是集團乃至山省人民最引以爲傲的領袖。如果沒有他英明的決策和飽滿的工匠精神，賢舉集團同樣無法走到今日。只是，一向明辨是非的召吉川先生卻爲自己的情感所困，爲了表達自己的愛慕之情，利用個人權威指使陳覡先生爲《於情》研製共感設備，將無辜的吳嘉康先生逐越道德的邊境。

召吉川先生以權謀私的錯誤決定，礙於他的霸權，**賢舉集團中央董事會代表賢舉集團權力機關中央董事會和首席股東群聯會**（後統作「董事會」）對爲未能盡到當有的監督和預警職責，代表賢舉集團再向閣下致歉。

爲了終結一切的錯誤，董事會決定：

依照二〇二□年□月一日董事會通過之《賢舉集團董事會和各股東群權利與義

務條例》，

剝奪召吉川先生身爲賢舉集團執行董事之身分，

清算召吉川先生所持之股份和作爲所致之損失，

凍結召吉川先生所持股份之兑現，

提請山省檢察院展開對召吉川先生作爲合法性之調查。

關於共感輻射氾濫的解決：

目前，**千市永知集團股份有限公司**已完成共感輻射的破解，在山省人民政府的領導和國務院工信部的協助下，我們將會在即日起三十天内完成共感輻射的全部消除。

爲了保證共感輻射能被完整清除，賢舉集團醫療救助省（公司）將會同國務院衛生計生委自今日起在各醫院、診所、防疫站爲閣下提供抗反疫苗的注射，爲期二十九日；懇請閣下及時前往相關場所接收注射，倘若不注射該疫苗，在共感輻射的統一清除後，遺留症狀不僅會損害閣下玉體，甚至清除行動本身會有導致比共感輻射影響與危害更大的可能。

對於利用共感輻射犯罪者：

全國人大常委會已於□月一日通過《刑法》修正案（十□），明確了利用諸如共感技術非法控制他人思想的定罪、依據和量刑。

鑒於其不溯及既往的規定，我們奉勸一切具有配置共感輻射能力者立即停止違法犯罪行為，並在二〇二□年□月三日修正案生效前主動上交配置設備予公安機關，方能不被追究法律責任。

對於罹難、受傷和損失者：

我們已於今日向山省高院提起關於因共感輻射而罹難和受傷者統一賠償金額標準的訴訟，請因共感輻射而罹難和受傷者或其眷屬自即日起登入賢舉集團法務省網站登記個人資訊以計入被告名單獲取賠償；因共感輻射而損失者請自即日起登入賢舉集團財務省網站登記損失資訊以獲取賠償。
賢舉集團禮儀殯葬省（公司）將會爲罹難者免費提供最高檔之殯葬服務；賢舉集團醫療救助省（公司）將會爲受傷者提供免費且同樣竭盡全力的治療；賢舉集團財務省將會爲損失者提供等額的補償金。

對於賢舉集團之運營不善：
董事會開始了永知集團對我收購的事宜。在完成收購和重組後，賢舉集團將在永知集團精良的管理下繼續用心服務大家。

我們與閣下感到同樣的不安與氣憤，但事已至此，我們也無法尋覓出更好的解決辦法來讓閣下的生活盡可能地重歸原樣。我們萬分懇求並期望閣下能夠配合我們的行動。

從來沒有人能視太平於不顧，也從來沒有人實現獨裁之己願。我們自始至終地相信並爲之奮鬥：每一個生活在這片土地上的人都有享受平等而快樂且自由的生活之權利。我們無時無刻將我們置於財富積累的寶座，我們的心從無有別，我們去感知與體會作爲每一位人的需求與情誼、期望與感動，並將它作爲我們要去實現的最終目標。願我儕之信，選賢舉能，大道之成。

賢舉集團外務省

二〇二□年□月二日

# 午時

總有人嚼著自大無比的檳榔，好像是全世界都和他對立一般，在人們不屑一顧的角落炫耀著曾經被唾棄的自我；他自認為是竭盡全力的凱旋者，與那些夢想失落的人同仇敵愾，哪知儘管是如今落魄的人也依舊和當初譏諷他的人一樣，何時在乎過他的狼狽呢？

為什麼是我我到底做錯了什麼導致這一切的原因究竟是什麼是因為我開放了源代碼嗎可把技術與知識共用不應該是人們所嚮往的嗎為什麼到了別人的手裡就會變了模樣？

體會別人的情感與更加瞭解他人不好嗎用他人的快樂與幸福曖昧掉自己的

痛苦與傷痛不好嗎人的慾求怎麼就滿足不了呢知足的道理誰都懂可為什麼就是沒有人能夠適可而止呢怎麼人就可以那麼殘忍眼睜睜地去看著別人受難與死去怎麼就可以毫無人性變態地試圖感受傷痛莫非我所認為的好的都是虛偽的嗎難道真的只有罪惡才能讓人們真正地快樂嗎難道就永遠無法改變嗎？

人的意識就應該無窮嗎人就可以不顧一切為所欲為嗎為什麼聰明的人從來都是走著陰暗的路做著陰暗的事呢為什麼人就可以違背自己的良心為什麼人就可以將施於人呢為什麼人就永遠無法快樂平和地生活在一起為什麼人一定要把自己的利益與快樂架在別人的身上呢？

莫非是我讓他們得以暴露自己的真實嘴臉嗎莫非每個人都是這樣的嗎莫非就必須有強者和弱者莫非必須要忍氣吞聲嗎真的是我的錯嗎事的正誤靠的是所有人的認可嗎做錯了事就不願意承擔責任一定要找一個替罪羊嗎一個人要為他人的無能與不貞而買單嗎劃清界線就能證明自己的純潔嗎撒謊就能糾正所有的

錯誤嗎大打誑言就能得到人們的支持嗎？

果真是我的錯嗎是我提供了讓他們為所欲為的條件嗎是我讓他們得以傳播自己最惡毒的慾望嗎我就應該為提供工具而受到譴責嗎我就應該為他們齷齪的利用而擔當責任嗎可我要怎麼償還呢難道非要以死相逼嗎但這樣就行嗎憑什麼我一手創造出的輝煌要因為他們而隕落呢憑什麼我還要因此終結自己呢可難不成要我重新創造歷史嗎就算我可以那我又如何避免他們重蹈覆轍呢不然讓我創造天地然後再丟出洪水嗎？

一切一切的錯誤都應該由我來彌補嗎這就是我要成為偉人所必須的經歷嗎但為什麼又偏偏是我我不過是提供了技術而已為什麼要為他們的責任而受到懲罰呢為什麼要讓我解決這樣終極的問題呢為什麼非要讓我來選擇對錯和定義真理呢我不能就這樣放任他們吧不能就這樣助長他們囂張的氣焰吧可我應該怎麼辦呢究竟是什麼原因讓他們毫無人性呢我只能將他們趕盡殺絕嗎？

我走到今天是為什麼呢就是因為主安排我是那個人嗎但憑什麼讓不想這樣的我呢我失去了那麼多還要讓我來經受嗎都已經這樣了我都已經要無所謂了為什麼還要讓我重新想起又鼓起解決它們的勇氣呢為什麼就不能讓我平平凡凡或者碌碌無為地活著而非要考驗我呢而就算是要我解決我還能有什麼辦法呢？

如今這些事情都是我的原因嗎人們都這樣夾逼我又不給我思考發生這種情況該如何解決的時間我除了把它開源我還能怎樣我有所限制人們可能滿意嗎我全都放開人們豈不也推卸予我這些難道能怪我嗎還是本身這就是錯誤的決定呢但這種技術並不壞為什麼就不能這麼做呢還是因為集團就是錯的那難道就得讓我像一個純粹的資本家一樣剝削人們的勞動而不顧人們的健康快樂與滿足嗎？

難道創建公司和他合作搞工作室上那大學認識了他都是錯誤嗎那難道這是我所想的嗎我就不想一直在ㄩ中嗎母親的事難道怪我嗎是不是應該怪所有的人們不為了醫學而獻身怪他們不為人著想是不是該怪讓喜樂和父親離去的人喜樂

的事怪我嗎是不是應該怪自以為了不起的人類卻沒有保護好其他生物是不是應該怪人們一刀切的無情與殘忍怪他們不為人著想父親的事難道怪我嗎是不是應該怪罪那些逍遙法外的犯罪分子是不是該怪沒有人管控賭博場所是不是該怪體制的壓力太大又無法釋放怪他們不為人著想呢一路以來我要求過什麼什麼事我沒有為別人著想可又有誰為我著想過？

所以這一切的淵源都來自每個人只為自己著想嗎只要解決這一點就可以了嗎可又要怎麼把其他所有人都裝在一個人的心裡又怎麼樣讓所有人的心裡都同樣裝著所有人呢明明讓人們不再為那些死板而沒有人情味的規則所束縛讓人們可以飽含情感可為何卻癡迷於這樣的用途呢勸說有用嗎號召有用嗎鼓動有用嗎除了強制讓他們這樣以外又怎麼能達到呢可我要怎麼強制他們呢難不成我要把他們關起來然後把——

當太陽隕落，尚有殘存的燈火；當燈也熄滅，除卻抗爭還有什麼選擇？

我還有別的辦法嗎難道一定要通過這樣的方式才能達成嗎為什麼實現美好的道路要是如此坎坷為何我只能孤身一人在此之前何苦要經歷如此多本可避免之事為何一定要用混亂和苦痛來鋪設這條道路難道沒有這樣的犧牲就永遠沒有人覺醒嗎？

可為何我要有如此多的疑問這些重任為何要積壓在我的身上為什麼一切的一切都得是我去經歷導致這一切的原因究竟是什麼我到底做錯了什麼為什麼是我！

召吉巛在稿紙上畫著象徵平等教育計畫的「人」形標誌——三條等長的線，夾角分別是150、60和150度——並通過三條線的中點作了一個圓；它整體的顏色，以十六進制計，是屬872D00的紅褐色。

召吉巛不認為這是「囚」的含義，儘管他十分希望如此，但為人，只要有那些作為「〇」的，人的底線就好了。

他命之名為人性計畫，以共產中文的說法，當作：人本。

## 午正初刻

雙手不再顫抖，
心臟不再鼓動；
滿是淚水的雙眸，
睜開眼卻是盡頭。

這是一個長方形的空間，被塗蓋著純白色油漆的牆壁包圍著。召吉巛拿出了他寫了許久的自傳。他沒有翻到稿紙的最後一頁，而是從頭開始，一頁一頁地尋找著「這不正是為生存而鬥爭嗎」的字句；他回憶著吳的面容，吳的年少，吳對他情感的期盼，並在其後試圖補上當時吳的話語——「但是，我們扭過頭來，又可以發現，阻礙社會進步的，讓人們置身於困惑之中的，正是這些婦人之仁的多情。只有拋棄這些以個人為單位的情感羈絆，社會才不會向個體妥協，才能向著對所有人有益的方向演變」——作為如今的回應。

吳嘉康是絕對聰明的，他能用隻言片語說服召吉巛在召自己的和吳告訴他的中進行唯一的抉擇。他巧言善辯，用最符合召身分和經歷的杜撰來印證感性的重要，讓召吉巛從骨子裡認為，只要多一份情，沒有什麼是不能夠解決的；他同樣知道召吉巛不傻，這也是為何向召解釋他如何理性，也即是追求秩序的原因。召吉巛雖然沒有成為吳所說像吳一樣的人，但至少他從中知尋到兩種截然相反意見到來時他當有的應對，也即是他自詡之思想的力量，儘管那是微弱，是不足以道來的。

多年以來，吳的絕對理性和召的極端感性，讓他們互補成為最為默契和有力的一體——從拿下中學以來的種種佳績，到成為這片土地不可忽視，進而不可缺一的存在。但是，在他們二人獨處時，情況卻反了過來：吳對待召，就好像用盡了世界的所有柔情，縱使在外人看來吳的調戲與欺負，都仿佛是他故意的打情罵俏，成了變相誇耀的浪漫。而召對吳的愛，是任何質疑都無效的，就連召對吳的絕對「理性」也得承認，這種愛的表現以一般人難以理解的形式表達，它沒有多餘的情話綿延，沒有過剩的愛撫交纏，但每一個從他口中說出的字句標點，都如同1+1=2那樣絕對、簡潔與堅定地代表著「我愛你」。

只不過，召對外的感性，出於的是一種自卑而懦弱的心理：沒有實在的能力去樹立威信，避免說出過多的話語暴露自己的無知，他只好以是個人都擁有的人情為辯護，去展現自己總是體諒他人的一面；自大的他一直被壓抑在這虛偽的謙遜下：他以情服人，也深知這種原始武器最為致命的弱點，即忠誠。厲害的人們永遠透過自己的專攻讓世人屈服在自己的足下，但召吉巛，卻不僅不讓別人屈身，甚至自己伏倒在他人面前；他時刻對他人的言行擔驚受怕，一方面以感性，不停地向對方表明自己的信任與忠貞，期望用此換取他們的同等回報，另一方面又難以說服自己這是有效的，尤其在他驗證出縱使這麼做，依舊有人背叛他的事實的時候。

因之，他絕不能接受自己的至親背叛他——包括就算已經發生了背叛，他依舊能說服自己根本沒有。在召吉巛的價值觀裡，若一個人已被他認做為至親一輩，出於某種變態而盲目的信任，他就沒有再去對其進行感情維繫的必要，就可以脫開一切顧忌和他明明白白地講那些大道理而不顧他們當時的感受。

吳的對內感性，同樣是出於他對外絕對理性的態度。絕對理性代表著他視眾人平等，並為這份平等而努力，這表示他極力推崇和要求人們遵守由所有人共同約定成型的法律而不得有任何一絲人情味，這樣好來彌補他與別人的欠缺。舉例來說，倘若法律要求每個人都有兩輛車，但我只有一輛，那我就必須為此而鬥爭；如果法律沒有限制，我也有權利去合法地爭取擁有更多輛車，而合法的意味並非指依照法律，更多地是指向所做之事法律沒有約束。這就表示，只要法律沒有明文規定，就算是違反道德和倫理，還是鑽著法律的空子去殺人放火，只要是能夠為他帶來利益的，他都會去鋌而走險。所以，吳對外的理性實質上是以社會契約為基礎的自我主義的特殊表現——而這種規則，所謂的法律究竟是誰來決定的？不過是吳心中對公平對自我利益的定義罷了。

這種自我主義所為之服務的並非是吳一人。通常情況下，只有作為他的家庭成員，才有權利感受他深藏不露的溫情，但在不通常的情況，比如面對地域歧視時，他也會將和他身處一地的人們心連著心，一致對外；比如在戰爭爆發時，他可以容忍國人所犯的一切錯誤，忠誠且理性地，一致對外；如果有外星侵略，或是面對自然災害時，他又能用富足的愛來守護一切芸芸眾生，一致對外。這些他所泛愛著的對象隨時隨刻都在變化，大到整個宇宙，小到，他以外的沒有人。

召吉巛飽含情感地回憶這些對他來說無比溫柔的言語，又無情地不顧那時吳嘉康後來所做的長篇大論；他運用他擅長的思想的力量，那人類所知最為強大的力量，來忠貞不渝地堅信情感的力量。沒有什麼人是絕對冷酷絕對無情的，他自始至終都相信，他和吳的過往、的理想、的愛意，是只要敞開胸膛，就絕對可以挽回的。

假裝尚在路口，
回首仍呈笑容；

充斥千萬的哀愁，
詎放任以爲相投。

這是一個長方形的空間，被塗蓋著純白色油漆的牆壁包圍著。一把扶手椅固定在屋子的一頭，另一頭是另一張椅子，椅子兩旁是朝向後者下打的兩盞射燈。當兩扇燈開啟時，坐在扶手椅上的人看不清燈後屋子的模樣，看不清坐在對面椅子上人的面容，或是彳亍徘徊，遊走在兩扇椅子之間的召吉巜。

這兩盞燈自太陽還未升起時就打開了，直到深夜，只有踱踱的步聲和來自同一個人的吼叫聲從房間裡流出：召吉巜把他的計畫一五一十地訴說給吳，也用盡辦法嘗試去說服吳，甚至是他第一次脫口極具男權主義又滿帶淫穢和侵略性的國罵，換來的也是吳嘉康首次面無表情的對待。——可還有什麼比知道睡夢中點名道姓地訴說愛意是刻意的，比知道所愛在面前展現對自己無微不至的關心是假意的，就連中學時限制自己的發揮好排名第二都是演繹出來的，還更令人絕望，令人寒心，令人難以說服自己，不知這是夢境與否的呢？直到吳嘉康身影也從房間裡溜了出來，屋子裡的燈光也再沒有熄滅。

終於不得昂首，
到頭唯得場空；
自以爲是的情柔，
是狡詐多情的蝤。

午正一刻

「嗯？這是？」陳覞愣在門口。

召吉巛攤手向扶手椅，對陳說：「坐吧。」

「怎麼了……召——董。」

召遂把人性計畫中關於陳的部分告訴了他。

召吉巛的話五味俱全，讓陳摸不到頭腦。面對召吉巛所說「倘若任由科技的發展，人們總有一天會無法控制，再也沒有更好的手段來阻止它的壞」、「如果技術革命再一次到來，不僅人性，我們如何定義人都很難」和「技術的進步讓人類無限地自我神化，這是毀滅性的」等等的預測，陳拿不定主意，因為它確實是不可知，是可能的，這還要追溯到哲學上，並非立刻能表達贊同與否的。但在思緒整理失敗後，陳�抓住了腦子裡突然閃過的語句：「那外面的人怎麼辦？」

「科技發展的方向限定下來以後，人們的生活會更加美好。」

「那新的國家的生活就讓它不美好了嗎？限制科技的進步人類社會就會崩塌——這會亡國的！」

「我先問你，精確到全國範圍內發射統一的共感輻射能不能達成。」

「我不能跟你做這種事，這是反人類的——我們的子孫後代怎麼辦？我們的——」

「我非常欣賞你研究的能力和對科技的觀點，但這事關整個集團和其終極目的。」召吉巛沒等陳覛說完，便插話道，陳沒能不在兩個聲音之間妥協，「公司自始至終都為了這個價值觀而存在，也正是由這個價值觀才引出創建公司的初衷。我不反對你在研究階段的任何個人選擇，但唯有這一點。」

「現在你沒法代表集團。」

召站起來，快步走到陳的跟前：「你不要忘了，如果沒有我讓姨丈在你中讀大學時提供幫助，你也不會有今天。你那些事，只要我讓所有當初參與研究的人把原始資料拿出來，你馬上就會身敗名裂，甚過現在的我。你不要以為我不知道你的那些心思，ㄇ國領館？你也想一走了之？你就算遠走高飛你也依然在我的股掌之中！」召突然害怕起來，他趕緊蹲下，嚇得陳打了一個冷顫——召握住陳緊攥著的手，「只要這一次可以順利渡過，我們的關係可以比以前更加緊密；你身邊的人，只要你能指出來的，他們都可以享受這樣的美好，和我們一起，或者不和我們一起，走到新的地獄中去——我不可沒有你。」

陳的目光朝下，但沒有與召對視；他抿緊了嘴唇。

「可以做到……」

在探討了爭議領土和在國外僑的問題後，陳硯便離去。在許久後，陳硯又將為召，他的新城效犬馬之勞，成為那座大廈的奠基者；其孫陳冊民也將誕生，以及他的曾孫陳方青，都將和陳硯一般，成為歷史中不可磨滅的存在，但也永遠不會成為歷史。而今天，房間的燈關上了。

# 午正二刻

「喲，挺有意思的啊？他們居然沒有把你從這裡趕走啊。」——這個房間乃是召吉巛在賢舉集團擔任聯合董事時建在賢舉公司最底層，工廠之下的私人工作室，其理由是接近土地，讓他感受不到外界任何的動盪與不安；當然那時不同於現在，召吉巛不需要向任何人解釋他的任何作為。謝鑒誠在這間房子裡轉來轉去，先是看看兩盞射燈，又看了看兩把椅子，然後站在燈對面的椅子前，說，「所以我是要坐在這裡是吧？」

「我把樓上的員工住房換成了這裡——我好歹還算公司員工吧……」召吉巛穿插著回復道，「……是……」

「不是說直接把你除名嗎？前聯合執行長沒那麼寫嗎？」謝坐在扶手椅上穿插著等待著，「說你的計畫，我能夠聽著。」

「說的只是總裁職務和股東身分取消了，連股份都還沒兌現就想把我從員工行列裡踢出去？還有沒有王法？」召，「吳嘉康？」

「可是你設計的人事規則，你又不是不知道要把一個人永遠地踢出公司是多麼簡單；再者了，現在都這個樣子了，誰還在乎法律呢？」謝，「你沒看出來？好歹你倆也睡過一張床。」

「我說怎麼找他這麼容易，原來是被你們叫回來了。呵，也難怪，竟然膽敢說自己是無辜的，就只有他這麼不知羞恥了。」召，「不過，收購那一段明顯是永知自己加的吧；收購進程如何了？」

「大勢所趨難以改變。科技首席跟我說了大概的情況，但別的董事不了解，所以用這樣的形式。至於收購，我想幫你預留一些時間給你想點對策會比較好。」謝，「所以你的方案呢？」

召吉巛遂把人性計畫中關於謝的部分告訴了他。

「以權謀私，幫你實現個人夢想是沒問題，但這個，可不小呢，而且還沒有吳——」

「——不需要他！他不敢冒這個險。」

「看來現在最難說服的就是我了吧？」

「……是的。」

「那換作你，幫謝某人，值嗎？」

「若在之前，我是不會選擇這樣的，但如今我也沒有什麼可以失去的了，所以我一定會這麼做；換做我的話……我會的。」

「你也不想想，我能從中得到什麼？」

「陳覝那邊沒有問題，所以就算有阻攔，最終的效果也是一樣的，到時候全國人民都能為你所用，所有的錢財都能向你匯攏……」

謝透過黑影看出召搖頭晃腦的輪廓，大聲笑著說：「你可騙不了我的，」

然後掏出了錄音裝置扔給了召——「再讓我考慮一下吧，應該不會讓你失望的。」

於是，謝的身影以及這裡的燈光逐漸淡出：今天，房間的燈又一次地熄滅了。不過是在閃了幾下以後。

## 午正三刻

「許主席。」

「別價，召董。」許誤環顧了一下四周，「如果不是因為你，我可是連中央都進不去呀——」許坐在為他準備的椅子上，攤開著手，說，「看來，我這是又要升職了？」

召吉巛遂也沒有更多的寒暄，開門見山地把人性計畫中關於許的部分告訴了他。

「真他媽的刺激。」許小聲道。

「但是」，召補充道，「就算按計畫成了，那你也是一人之下，萬人之上。」

「我還倒想看看你把整個世界都給鬧騰一遍呢。嗨，你說你這種人必定要稱王的，瘋癲到這種地步，這時候還搞什麼優柔……」許誤便開始替召幻想起，倘若後者不能和平過渡出新的城邦的考慮，包括屆時和執政者的鬥爭，因為前者而引發的由召所領導的革命，分裂與獨立，與國家為敵，與全人類為敵……但召並不在乎他所說的，因為許以這種曾經欺騙過他的人，吸取來自他的任何東西，都是對自我尊嚴的嚴酷摧殘，但反正這一關也已經過了，埋怨和報復的事乃是可以慢慢來的。

許誤結束了他的長篇大論，站了起來，「噯，那就這樣吧。召班長的命令我可是從不敢違抗呢。哈哈，那當然是恭敬不如從命了。」

「謝謝。」召看著站起走向門外的許說。

「沒什麼可謝的，誰給我那碗麵，我就是誰的人。」一邊笑著離開了。

這是這間屋子熄滅的第三次。召吉᱅希望它們能再熄滅一次，不需要是在下一次，而是最後一次。

## 未時初刻

當世界的明燈也隨之打開時，召吉᱅已經做好了萬全的準備。

輿論戰的優勢獲取源於：㈠一切不利證據的消滅；㈡審時度勢，要求適可而止。

……的勝利首先來自於：將利益從一方的索取轉化爲公衆的利益索取。

## 未時一刻

這是一個長方形的空間，被塗蓋著純白色油漆的牆壁包圍著。一把扶手椅固定在屋子的一頭，另一頭是另一張椅子，椅子兩旁是朝向後者下打的兩盞射燈。當兩扇燈開啟時，坐在扶手椅上的人看不清燈後屋子的模樣，看不清坐在對面椅子上人的面容。

坐在椅子上的召吉巛看著站在門口的趙元在「呵」了一聲後，將自己的秘書或是保鏢，或是什麼人的支開並關上了門，又環顧了一遍四周坐到了扶手椅上。只見他翹起了腿，攤開了手示意召吉巛開口。

「久仰大名，趙總。」

「久仰大名，召總。」趙元開著他二人姓氏同音的玩笑，「不過我可經常在新聞報導裡見到你，沒想到如今見到真身，面色倒是不如新聞裡的精神呀。」

「哪裡……」

沉默。長久而又間斷的沉默。

如果召吉巛不出現在這個世界上，像他一般為人矚目的存在就不會出現，模仿召吉巛的人就不會出現，研究和試圖體現他思維過程的也不就再有。可這是召吉巛的時代，就算此刻寫得再是繁重，讀到此處的人們同樣也會忽視或忘卻那些在召看來無關緊要的閒談——他們二人沒有激烈的爭吵，彼此自恃高貴，不會如小人一般揮舞著拳頭，而是試圖挖掘那如水一般君子的境界，一句不離人和宇宙，過去和未來。

趙元在話語中夾雜著對召那樣的人的否定，那是召吉巛此刻唯一迴避的，自己最畏懼，最為之動搖與無措，最敏感的話題。召吉巛不敢再一次質疑自己，如果那樣做，他的人生就徹底毀在了他自己的腦子裡，變得和此刻的談話一樣不值一提；可是趙元說的又沒有錯，「人生也就那麼回事，說沒就沒，不要老是想著名垂千古；幾年後，幾十年後，幾百年後，還有多少能記住你的人呢？」

趙元在話語中穿插著對未來的伏筆：「甭以為我不知道你心中的算盤。你的拿手好戲也不要再去費盡心思重演了，我都不怕告訴你我還要用一樣的手段。你永遠不會有那個舞臺了——」趙元停在連接兩盞燈的插座旁，「你已經徹底完蛋了。」待到話聲落了時，趙元就按下了開關，向著從門縫中透出光亮的地方走去，打開了門，離開了這間充滿黑暗，暗到看不清召吉〣臉上的表情的地方；也只有在門開啟的瞬間，才能發現透過光亮疊在召吉〣臉上的笑容。

但是，縱使那一個網路媒體平臺不是純白的，整個網路就是一個純白體：沒有任何資訊是不能在以各種途徑和方式通過網路本身傳播的。

動權力的「資訊」保障指的雖然是借助資訊系統，但其本質，還當強調其作爲資訊的傳播。

……資訊的傳播永遠不會局限於使用網路。

——《動權力的資訊保障：輿論戰爭》（再版）

召吉巛的演講錄影、錄音和逐字稿，被以電子郵件、文件傳輸、即時通訊等等的方式直接在網路中流竄。那些自認為開智的人們一旦被蠱惑，就能對號入座，使它跳躍出網路媒體平臺的束縛，讓接觸到網路的人同樣能接觸到召吉巛真正的話語。

當人們能和某一方的利益點相契合時，他就不僅僅是在支持一方，而是和那一方融為一體，親自而自發地，對另一方投入作戰。

——《動權力的資訊保障：輿論戰爭》（再版）

人們為了防止「居心叵測」的人控制那些最傳統的網路資訊傳播管道，開始自發地通過移動存儲設備，如刻錄光碟，進行召吉巛聲音的傳播。更有甚者，則直接印刷傳單，利用私人廣播或電視，絞盡腦汁讓人們在脫離網路甚至電力時也能瞭解到事情的真相。——這是大眾傳播真正顯形的時刻。

召吉巛的聲音從線上擴展到線下，他的聲音越來越大，那些駐足傾聽他演講的人們愈來愈多，瞭解事情真相的人們也就愈來愈多，也就有愈來愈多的人站在召吉巛的一邊。人們不再信任那些可以被少部分人控制的媒體，就算趙元再做出任何的解釋與回應，也再不會被人們所關注，因為他們甚至懷疑趙元是否真是一個普遍意義上的一個人，是否是一個實在的人，這些人既然能做出如此之罪行還隱瞞了什麼和多少滔天大罪，懷疑趙元若真實存在的話，他他媽的到底是不是個人。

召吉巛的話語借助賢舉集團對人們喜好的大數據的調查與收集，通過人們最能動心的措辭收穫了絕大的同情，只有那些自以為看破紅塵，自居清高的人們用著理性的口吻來應對主流的聲音，才能讓他們突顯出作為「社會菁英」和意見領袖的身分和與其相符的見地。不過，這就如同槍決的現場，面對已經捆綁好的被行刑者，他們已無力回天；面對簇擁著的，手裡都拿著槍械的圍觀者和行刑者，他們沒辦法瞭解到包圍圈內的真相，也沒有抬起槍械和眾人做對的意圖。只因為是簡單扣動扳機的動作，圍觀的人們不去理會它將帶來的後果，更沒有人會為此傾聽被行刑者的任何辯解與讓他們停止這一瞬的動作的說服。

只要人們想，就絕對沒有阻礙。

——《動權力的資訊保障：輿論戰爭》（再版）

## 未時三刻

召吉巛的一舉不僅挽回了除吳以外的一切，還徹底戰勝了永知集團，收穫了人們對他徹頭徹尾的信任。

許誤，成為正直的內部舉報人。趙元，依舊和召吉巛一樣自由地呼吸著同一的空氣，但這不是出於召的憐憫。如果召有所謂的大度，他不可能以國家副主席作為替罪羊，讓後者成為整個事件的幕後黑手；在錯誤面前，人們注意到的永遠是那些擁有更多財富的，擁有更多權力的，相比一個民營企業的董事長，趙實在不足一提，這種淡忘的諒解下，將永知集團述說成在權威下被迫的走狗，是推卸責任的最佳方式：勞民傷財的共感技術雖然是賢舉所創造的，但這已無關緊要，試圖進一步控制我們的當權者才當是共同的敵人——辨別輕重緩急的世界永遠不存在，天真的世界永遠都在。

如同國家發展的歷史，倘若實現大同是最終的理想，那小康便是必經之路；就算它們是截然相反的，也不該有人去阻絕這個對立的事實。永知和賢舉爭端的合法性是不經爭辯的，永知對這個社會的效用是無盡的，但賢舉永遠是遙不可及的。召吉巛能做和能做到的，只有讓自己的眼中不再出現他們的身影，但要他們完全的消失，是如同讓除他以外的世間全都毀滅，滑稽無比的要求。

但當召吉巛積攢了足夠多動的權力和行的權力時，他便也覺得厭倦、知足與適可而止，開始準備收手了。

# 未正

故事的最後，是人民與國家副主席的針鋒相對從空談上升到了實幹的層面：共感機器的誕生對整個國家的打擊是不可描述的，倘若只是置人於死地，人們尚且還能依偎在對美好未來的期望中，但如果連秩序的捍衛者都開始倒戈向那些維護穩定的期望者，迎來的就只有永無止境的血的打擊和報復。

立即封鎖消息，立即提升戰備等級，立即宣布凵省開始戒嚴的「三個立即」讓政治局常委們念念不忘，但在他們的腦海中，更為深刻的卻是「與副主席劃清界限」的提議。他們回想著第一次參加政治局工作會議的許誤，也懷疑著自己是不是真的老了，連這最簡潔明瞭又極具力量的方法都辯論來去。但面對召吉巛的攻勢，除了主席先生，沒有一個人膽敢決定如何是好，而就算主席作為國家的元首，面對民主，他也無能為力；許誤的出現，以及當下人們對他百分之一萬的信任和依賴，執意推舉他為新的國家領導人，加上透過他，不說討好召吉巛，至少能掌握召的進一步行動，中央決定讓許誤如願地坐鎮全國人大常委委員長——畢竟在沒有調查清楚暗殺副主席的具體情況之前，沒人敢接替他的位置；而把別人安置在那個位置，不僅他是不夠格的，還根本就是一邊說著好話一邊讓他把繩子套到自己的脖上。

既然是出於不為強權斗膽揭露黑幕的英雄，正義的許誤的提議，就談不上人們不再相信執政者，畢竟把一個人的錯誤歸結為整個領導層的錯誤是偏激的，所以除了共感輻射的問題依舊沒有解決以外，人們的生活與人們對執政者的信任一如往常。

但在意料之外，情理之中的，卻是在副主席事件以後，那些邪祟利用共感技術的人卻突然停下來了他們的腳步。所有的人們都絕對地配合著國家進行共感設備的回收：在十足的配合和地毯式的搜尋中，沒有人藏匿得了任何的祕密，剩下的少部分抱著僥倖心理的人被以舊社會對待特務的方式緊緊地盯著，以至於沒有一臺共感機器留在除國家和賢舉公司以外的手裡，假使真的有，那他就算食了虎膽也不敢再次使用。

## 申時

但故事從不會終結，神話也永不止唯一。

為了防止不懷好心之人效仿，攪亂社會秩序，後文中關於國家權力行使的過程，或刻意遺漏，或刻意謬述。

新全國人大常務委員會委員長許誤以私人名義祕密召集部分全國人大常委連夜趕至陪都，謝鑒誠則祕密調動集團安保省和外務省之成員協助許委員長轉移各常委至賢舉集團在ㄔ省ㄩ市的辦事處；媒體記者無一知曉，甚至連各常委的家人都鮮有知道的。

常委們從ㄩ市的各個交通點乘坐窗戶被墨化的轎車輾轉到了人們所不知的，看似一個地下停車場的地方，跟隨著「工作人員」的指引穿過長長的廊道。廊道只有微弱的燈光，牆壁是覆滿鏡面，在常委再也記不住左轉和右轉了幾次後到了盡頭。一名名常委推開大門後，發現裡面竟是他們最熟悉不過的，常委會議召開的地方，但他們也明確知道這並非那裡，一方面是通往那裡的路程更加簡單和輕易，而臺上的幕布也並非是掛著碩大的棕色出頭「囚」。另一方面則是因為臺上的兩個人——一個是把ㄩ省搞得烏煙瘴氣，甚至省破家亡的大資本家，另一個是不比前者好到哪兒去的，因為召的計謀而成為人民英雄的新任委員長。

「辛苦了。」在所有許召集來的常委依照工作人員的指示入座後，召吉巛說道，「今天的議題是——」

「你這是要幹什麼！」一名早就打算離開的常委拍桌而起，若不是剛才工作人員「您先坐下來看看究竟是怎麼回事再說吧」的勸說，他一定不是第一個打開大門後就要離開的。

「今天的議題是——」

「我在問你話呢！」常委們見狀，紛紛聲援，有的人默不作聲，起身要走。許誤見狀，敲了敲桌子，只見臺前兩側的門裡出來一個個荷槍的人——一個如果消失，那個省就要完全崩潰的企業，儲有軍火和發展雇傭兵，乃是理所應當的。持著槍械的人們包圍了整個會場，槍口對準了與會的所有常委；剩下的則至各個常委身邊，按壓著他們坐下。

「我還不信你們敢開槍！」說罷，他推開在他身旁的「工作人員」，向著他來時的門走去——

「警告：目標距離警戒線十米——」會場內突然傳出電子模仿的人聲，「五米，射擊準備——不足三米——」。

嘭——

「全國人大常委會委員□□□同志於12月2日凌晨4時在執行公務中犧牲，享年48歲——之消息已發至各通訊社。今日將對其進行報導的媒體有——」電子人聲開始間斷地朗讀起幾個媒體的名稱，還不忘附加各個媒體刊登所用的版面和篇幅。

「請諸位坐下。」許在騷亂中說道。

「今天的議題是——從國家層面限制對科技的過度開發以保護人性。」召說道，「諸位都知道，前不久在ㄩ省發生的共感輻射事件。共感技術，是我們集團所研發的，本身僅僅是為了讓大眾在閱讀時能夠與作者感同身受，但後來這一技術卻因被剽竊，被不法分子利用，導致整個ㄩ省民不聊生，人們夙夜所思所念都是如何躲避輻射的侵蝕。現今，這場災難已然塵埃落定，而我們不能就此放任任何人再有這樣的機會，通過科技來擾亂社會的秩序。」

召吉巛開始闊論起科學研究必須遵循他所謂人本的必要性，這種對科研限制的必要性，這一舉措必須是由他們做出的必要性。大家聽慣了重要講話，不耐煩於理想多麼宏大，只在乎最後作為總結性的，與他們的息息相關抑或是給他們的命令；但他們認為召吉巛尚且沒有那個臉來要求他們怎樣——他們也盤算不出來。人們環顧著周圍納粹主義的裝飾，棕色和人性計畫的標誌在他們的腦中揮之不去，細看下來還略覺好看。

「因之，作為這個國家的決策者，請大家開始討論如何從國家層面限制對科技的過度開發，以保護人性。」

一位女性打破僵局：「召董，我不明白您究竟想要幹什麼？您讓我們來想讓我們為你怎樣？難不成我們還要停下所有的國民教育來支持你的人本？」

「如果你們認為有必要，可以如此。」召回應，「主張——國民教育是否當針對人性計畫進行改革開展討論。」

「我沒有在跟你開玩笑！我就問你，如果我們都不同意，我們全被你殺害了，你還能怎麼樣？再繼續找一批同樣的人？就許委員長沒事其他常委都因公殉職？我——」

「這位女士，請您看桌前的螢幕。」他不耐煩地。

她低頭朝向曾經是投票器的地方看去，螢幕是黑色的，但仔細一看，卻發現是自己的兒子脫光了衣服被綁在一間空房的鐵杆上；「如果是這樣，我尚有辦法，但如果就這樣一死了之，那——他怎麼辦？」

召吉巛拿起放在桌上的對講機，「7230，請……」——他具有恐怖主義色彩的要脅已被刪去，只見螢幕內顯示出了另外兩人，正要朝向被綁男子——

「不！不！」召立即阻止了7230，「你要怎樣都可以，求你不要——」

「——所有的美好本該由我們自己創造，可總有人試圖破壞，」召沒有繼續聽她的承諾，「達成這些本可以輕而易舉，卻非要這樣。我這麼做只是為了一個目的，我會為了這個目的不擇手段，這個目的雖然聽起來是阻礙社會發展的，但對於人類本身並沒有壞處——如果大家能與我同志，抑或就算心裡反對，但只要從始至終不出亂子，我絕不會破壞你們任何一絲的生活。這不是考驗大家對犧牲的覺悟，共同的敵人早已消滅，我們根本不再需要任何代價來實現我們的偉大理想；我們要做的只是將西方那套迂腐的東西徹底清除掉，這當然會引起部分人的不快。你們可以繼續把握住這個國家的最高權力，你們的家庭、你們的資產、你們的所有，如果你們擔心這個計畫會影響這些東西，只要你們需要，我都可以協助諸位安全地把他們保護起來，甚至移居國外——只要你們配合。把螢幕關掉吧——放心，你完全可以，並且現在你也只能相信我的承諾了。」

「綜合大家的意見，要完成所有的這些工作，還是需要一個中心精神的前提，才能繼續開展後續的工作，是吧？」召。

「那這樣下來，我們的第一步就是立法了。」許。

「可以。」召。

「以上，還有任何問題嗎？」許，「——召董。」

「嗯。——那麼，我們現在就開始吧。」召吉巛說。

「現在開始草擬？」「由我們來寫？」「別開玩笑了！」代表們附和道。

「事不宜遲，同志們。」許誤說道，「我們要做的不過是把剛才的總結具體到文字上，況且，這裡的東西應有盡有，大家也當休個假吧！」

代表們低頭看著漆黑的顯示幕，又抬頭看著臺上螢幕顯示的周圍房間及其所提供服務的描述性文字，不再有怨言。

「那麼，我們現在就開始吧。」召吉巛再一次說道。

# 子正

如今，少菁會的發展已超出召之所料。它有兩個特點，一是以中學為主施加控制——十五六歲的中學時期正是一個人觀念定型最為重要的年齡階段，正如召吉巛所經歷和發覺的那樣，於是少菁會便依據傳統，從沒有走出過中學，深深紮根在孩童們思想成型的溫床中；二是極端的個人崇拜——由於召吉巛在少菁會創始初期就堅固了各個成員對組織之忠誠，加上如今他在整個地區的影響力，讓那些期望借助召和他背後，賢舉集團力量的，曾經是少菁會成員的人擁有優於普通人的特權與便利。召對於少菁會，他的每句話為人們所背誦，他的每一步為人們所效仿，不啻是愚忠——再找不到比這個更為貼切與強烈的辭彙。

少菁會成立十周年之際，召吉巛應邀來到ㄒㄢ聯中，參加了政治學主題的分享交流會。以下是ㄒㄢ聯中學生趙鶖冪所做的演講內容摘要：

**少菁會**創始·榮譽主席 賢舉集團董事長 **召吉川先生（二〇二四）**

孟德斯鳩：國家統治模式↓三權分立——立法、行政、司法（不同機關行使，相互制約平衡）

社會四大權力：治的權力、法的權力、行的權力和動的權力

社會單位：人及物（個體／集團）

人：眞核生物域動物界脊索動物門哺乳綱靈長目～科～屬智～種

物：（生物∩）物質、能量、資訊（——特徵）

權力所有：社會單位中的人（∵物沒有出於社會目的的主觀能動性）

權力的指向：社單（社會單位）

㈠治的權力：㈠軍事權力；㈡行政權力．軍事權力：經武力調動社單，以達到權力所有人的利益；行政權力：經平和

無論僭主／民主，治的々（權力）的所有人必有其無法靠獨自作爲能達到的目的——利益可能關係部分群體／整個社會——需要調動社單來幫助完成．從社單的權利義務來看，調動的含義包含限制社單的權（權利）、給予社單的權，及增加社單的義（義務）、取消社單的義

武力／平和不以施予威脅者的身分爲區別：社單權義調動時，前者以造成傷害／奪取生命爲對威脅；後者以剝奪財富／限制自由爲威脅

和法的々的關係：軍事々是法的々的基礎，行政々又是法的々的延伸是否依照法律是軍事／行政々的區分：行政々依照，軍事々不依．在二々爲同一所

有人時，行政々可以刻意違背法律，軍事々也可佯裝服從法律

和行的々的關係：行的々積累財富使治的々成爲可能，治的々的行使是發揮行的々的手段

和動〃〃（的權力）的關係：一切々都是動〃〃的延伸・治〃〃可以試圖去消滅動〃〃，但除非動〃〃所有人全部消亡，否則永遠無法成功・當動〃〃所有人全部消亡時，治〃〃也不復存在；治〃〃所有人同樣是動〃〃所有人

(二)法〃〃：㈠立法々；㈡司法々・立法々：社會法律及規章制度的設置／解釋；司法々：裁判／執行

法〃〃圍繞法規・法規：社單權義的說明——㈠定性；㈡獎懲（權十及義一／權一及義十）

法的設置：依據治〃〃所有人的利益（適當滿足被治社單以求穩定同屬其

利益），制定、修改、廢除法規；法的解釋：外界對法規定義不明確時作出和變更解釋

法的裁判：依據法規，對行爲的人爲定性；法的執行：裁判後的檢舉（代表公權）、調整（法律關係）和追究（確保實施）

和治〃〃關係：立法々來源於治〃〃，司法々依賴於治〃〃．在兩々爲同一所有人時，法〃〃可被治〃〃取代；存在法〃〃限制軍事々和行政々突破法〃〃之情況，它們基於兩個々所有人之間協商的結果

和行〃〃關係：法〃〃是爲了保障行〃〃，行〃〃是法〃〃的間接基礎

和動〃〃關係：特別地，有法規限制人的動〃〃，但僅定性，人們依可照做，無檢舉時安然無恙

㈢行〃〃是客觀行動／參與的々，暫時及相對．㈠勞動々；㈡積累々；㈢交易々．勞動々：創造財富；積累々：儲蓄財富；交易々：買賣財富

行〃〃圍繞財富．財富：社單所有之多少

勞動々：延伸動〃〃作爲生產力進行生產獲取財富，如：服務、演說；積累々：積累財富，如：守衛、奪取；交易々：利用一種財富換取其他財富，如：買賣、參政．三者能力受限制，但行使

無來源於其他々的目的，行〃〃無意義

㈣動〃〃是主觀行動／表達的々，永恆及皆有．㈠意志々；㈡言語々；㈢行動々．意志々：思考；言語々：述說；行動々：作爲

意志、言語、行動々是表達自由的々．社單取得動〃〃，在於其有能力行使

意志々：自由思考，如：信仰；言語々：自由述說（直接的自我表達），如：出版；行動々：自由作爲（間接（經肢體及動作）的自我表達），如：生存・三者能力不受限，但行使

動〃〃：一切々的基礎・易受影響

邏輯順序（無法破壞，破壞無用）：動→行→治→法

座標化：「軟」＝（法，動），「硬」＝（治，行）；「頂」＝（治，法），「基」＝（動，行）

得二難撼統治（常：治及法），得三無法動搖（行及動）

高等社會：四々平分二者所有，相互制衡，社會穩定／將亡

## 戌時

「爾一介豎子！」共和國劉主席快步走進這件幽暗而明亮的房間，但看到房間的布置時，詫異得站住，剎那後繼續向召走去，揪起召吉巛向後頂去，「老子的人在哪裡！」

召吉巛一路打翻了凳子和射燈，直到摔在桌上。召吉巛想把劉的手從身上移開，但卻失敗了。「總書記，見到同學就這樣可真是失禮啊。」

「同學?!」劉欲擊打召，但被召所抵擋住，「我再問你，人在哪裡！你還想要怎樣？」

「放輕鬆，他們都沒事，我只不過是讓你們找不到罷了……來，坐下，冷靜地聊，請。」

劉並沒有聽召的話，但是在一會兒後還是鬆開了召——劉知道，召把握著這個社會行的權力和動的權力，而他自己所擁有的僅僅是治的權力和法的權力，這種四大權力兩兩掌握在一個人手中，如果不胸有成竹，任何舉措都會讓這個社會徹底滅亡。劉同樣知道，自己所嚮往的社會與召所塑造的社會都是好的——至少在希望的眼中是這樣——唯獨不同的是他們好的形式，以及達成那最終理想遵循的不同道路，而如今，召憑藉他財富的積累，通過治的權力將法的權力漸漸侵蝕，進而為攏聚完整治的權力提供新的可能。如果今天ㄩ省能夠成功獨立出去，它絕不出人意料，而召並沒有做出這樣讓劉名垂千古的事情。面對這樣的王牌，劉選擇給予與其談判的機會，召也趁機將自己那些理所應當的顧慮傾訴給劉，劉就算反對，那也無濟於事，他只能在既定的結果下找到更好的生存方式，進而控制以後的所有變故。

面對此時的對話，劉只能怒其不爭，哀其不幸。他知道，至少在他的任期中，勉強限制召吉㐫的動作尚是可行的，所以就算臨時讓步，召總有終結的一天，而那時就算社稷危亡，國人根子裡的東西也能讓國在世界中繼續存在和特立獨行下去。而此刻，劉不能冒險證明召吉㐫的計畫是有漏洞的，沒有百分百對除掉召吉㐫而其他人不作為或倖免於難的確定，他只能單槍匹馬與召大戰三百回合，而勝負也全由他一個人承擔：「就算我跟你妥協，《科技研發法》通過了——」

「——它已經通過了——」

「——就算我簽了主席令！」劉停頓了一下，收起了自己試圖理性的腔調：「人民會怎麼想？國家禁止人們透過科學解放生產力？讓生活變得更加輕便？這不是維護人性，這是反人類的行徑！」

「——我不想再跟您解釋一遍這和反人類沒有任何關係——」

「——你不用解釋；你可以說服我，但難道我還要給你搭個臺子讓你一字一句地把每個人都說服?!——」

「——為什麼要說服——」

「——為什麼不?你不用按著《憲法》宣誓,但我就不需要向屬於人民的國家的人民交待他們是如何親自通過的法律嗎?——」

「——你坐到了這個位置還沒有搞清楚狀況嗎?——」

「——搞清什麼狀況?你是不是還想告訴我我已在你的股掌之中,是不是要說服我宣布全國進入緊急狀態,是不是我還得讓全國人學習鑽木取火好讓他們能提前適應史前生活?還是要讓我下令殺掉所有人?」劉憤然起身,顫抖著指著召吉巛,「就你說的這些——我完全可以透過法律給你判個顛覆國家罪!」劉意欲離開。

召快速伸出雙手按住劉的雙肩,「黨到底為何存在?

「莫非我們的每一個決定都徵求了每個人的意見,都滿足了所有人了?不管是法律還是決策，如果沒有走入歧途想法的犧牲，我們怎麼讓這個國家成為我們想要的樣子？我們怎樣去領導大家？《憲法》第二條你背得清清楚楚，《黨章》第一段最後一句你就忘了嗎？最高理想和最終目標是實現共產主義！我們不是民主社會的詮釋者，而當是共產主義的締造者！

「社會契約要求公權力的產生是以公權力的行使有明確的標準，並嚴格按此平等地適用於組成公權力的每一個契約締結人為基礎的。一旦有公權力的行使卻沒有明確依據，或組成締結人之間的不平等適用，或代表公權力和締結人的不平等適用情況發生，契約才會破裂，締結人就沒有理由繼續拱手相讓自己的天賦權力。

「這些一系列的來源實施後，如果能按照白底黑字明確執行的，社會各級之間大不會出現什麼矛盾——就算這些法律規範的內容乃天方夜譚，但只要在治的過程中完全以它們為依據，被統治階級在反抗一段時間後，還是會迫於奴性而趨於接受和平穩——但是，如果這些法律規範已經明文規定，但代表掌握公權力的人卻不依照它來行使權力，人民的反抗，也才就會緣起。

「人們從不會反感所謂的限制自由，而是反感被告知自由的一定限制後，以這種限制以外的形式來限制。」

召吉巛說：「你既然能在這裡待這麼長時間，就證明你對我的說法有著肯定。對我的計畫有懷疑是可以理解的，但我有十足的把握，它們不會對你，或者對這個國家的任何一個人有比較消極的影響。我既然有能力通過《研發法》，有能力召開特別會議，我就有能力保護我的計畫和保護這個國家的人民；我也有能力實現共和國的彈劾——你不是喜歡民主嗎？有對國家元首的彈劾權，也可是民主社會的標誌。人們看到黨政軍權的分離，也一定會覺得很有趣吧？」

不語。

「或者——」

「——你還要討價還價？得寸進尺！」

「不，這是給你的臺階。」召走到劉對面的凳子上坐下，「你確定不聽嗎？」

「……」

「給我劃一塊地，只要百平方公里，作為特別行政區：裡面的法律和社會制度全都不許干涉，沒有駐軍，給我所需要的一切資源——我會拿科學技術跟你換物資的。」

「你怎麼不讓我把我的位置讓給你？」劉憤怒地。

召歎氣，「你也知道，在這種社會裡我可是活夠了。如果你能批准，那我就立刻退出，你該怎麼統治怎麼統治。自此之後我不會再出現，也不會干涉你的任何工作，所有事都可以回歸原狀。」

「不可能。」

「你在你執政期間搞了這麼多事，內部也對你說三道四，不妨藉這個立個功。」

「我怎麼能容許你這麼明目張膽地分裂出去！怎麼可能容許你建造你的集中營！」

「哈哈，你可以先考驗我啊，我可以等；等到你覺得我並非是個暴君，等到你接受、滿意為止。」

劉沉默，許久後站起，向門口走去，好不再給召繼續提出新要求的機會。

「你就像一個恐怖分子。」他說完這句話後便離開了。

召吉巛微笑著走到兩盞燈的開關處，當手指正觸及時，突然停了下來，微笑也消失了。

政府絕不向恐怖分子妥協。召心想。

半晌，房間落幕了。

申正

「現在開始議題——人性計畫之立法。請問在座對議題有問題嗎？」許誤。

「既然是立法，那總不能就叫什麼計畫吧，所以還是……問題——人性計畫立法後當取何名。」人們已經能熟知且運用召吉巛這種「高效且充分吸收所有人意見又不失領導的」議事方式了。

「該問題不是針對議題的問題；除此之外是否還有問題？」召吉巛，「我主張——首先討論問題——人性計畫立法後當取何名。」

經過一段時間的討論，召言：「我主張——命名為《科學技術法》。現在，我主張——進行《科學技術法》的立法。」

決定——從㈠限制方面，㈡監管職責，㈢法律責任三個方面進行立法。

「科技的範疇實在太大了，所以，我的問題——時間是否應當算在內。」

「算在內。如果人能夠解決時間的問題，那將來的將來一定能有人發明時間機器能夠穿梭回從前，但現在也沒有這樣的人，所以預期耗費時間在這根本不可能實現的東西上，還不如——」許。

「當你遇到一個人，你分不清他是來自現在還是來自未來；當你能確認他是來自未來時，你就再也找不到他了。」召。

「別研究了——嗎？」許趕緊揚起最後一個字的聲調，好讓人們覺得他是有意說前面半段話的。

「我贊成許誤的說法。」

「問題——那宇宙呢？」

「四方上下稱宇，往古來今稱宙；宇宙也就是時空，宇就是空間，宙就是時間。既然我們已經決定不可研究時間了，那我們就統一一下，定義——地球外的空間稱作太空。」召，「太空軍備一類，還是有必要保留的。我主張——針對此點進行討論，並在此之後對此表決。」

「……，一切都是由各地的科技研發委員會負責。」

「問題——它有上級嗎？是直接隸屬國務院嗎？這樣，用委員會的名義就有矮化之嫌，根本無法適配負責如此多的工作；我們還得找一批新的人進入科技研發委，它本身就不當和本身已有的部門重合。」

召吉巛在爭辯中咳了一聲：「我主張——監督和管理機構還是由科技部主導，地方各級加設廳局，負責當地的科技研發監督和管理。」

「我認為，科技研發這種問題其實和環境保護是一樣的，亦即進行反人本的科技研發可等同於破壞環境的生產，因此，我動議——在《科學技術法》裡，我們完全可以套用《環境資源保護法》中法律責任的條文。」

於是，在科學技術法中，大篇幅地套用起了《環境資源保護法》中的文字。「但是，問題——如果犯罪怎麼辦？」一名常務委員提出，大家又開始了討論。

「法律責任中，只可嚴，不可鬆。沒有犯罪但是違法的，不僅要停廠免職，不給任何人蒙混過關的機會，還要在法律範圍內對沒有犯罪的反人本科技研發行為處以最嚴厲的打擊。」召說，「我主張——關於定罪，刑法要配合修正，但可以等到《科技法》通過以後再進行。」

「現在總結——科研限制內容已經列舉完畢，國家各部委職責已經明確完畢，管理監督方式已經確認完畢，《××××共和國科學技術法》宣告編寫完成；下一步當在立法通過後，由各部委進行改制並進行管理監督。場內是否還有問題與動議？以上，建議——召吉巛先生表態。」

「我主張——休會。」

酉正

以下乃是「科學技術法」的立法事記：

一、召吉巛控制下的全國人大常務委員召集全體常委代表提議並提前召開例行會議。

二、會議以多數票通過了《全國人大關於〈憲法〉〈立法法〉〈人大組織法〉中立法生效條款的解釋》。《解釋》確定了在人大常委會可依據事項之緊急或重要程度，在多數代表的提議下召開特別會議的合法性與可實施性。特別會議的時間、內容不要求在議程之上；立法過程視需要決定；其他形式和組織過程依既定法規。特別會議通過的決議與例行會議通過的決議具有同等法律效力。

三、第十五屆人大常委召開特別一次會議，超十名代表聯名遞交「科學技術法」草案，草案順勢進入表決階段。法律委員會和該法案涉及的相關行業之委員會的部分代表表示抗議，委員會意思性地聲援代表的抗議。相關委員會要求禁止立法的表決並進入法案的討論，但因特別會議可繞開這一繁瑣環節而被拒絕。

四、由於既有法律中沒有匹配「特別會議」四字的相應條文，委員長代表約定特別會議需當場進行提出問題的表決，並為了該條約定得以實施，不要求法定代表人數，以簡單多數票即可通過。少數代表在「科學技術法」進行記名投票結束後遞交「人大常委特別會議組織條例」草案，但由於聯名提案者未達到特別會議法定人數，委員長會議不予接受，人大常委會不予表決。

五、「科學技術法」被獲通過後，委員長代表接受部分代表提出的在不變更法律本質內容的前提下，修改法律措辭的提議，隨後會議進入討論階段。

六、2029年1月1日，《╳╳╳共和國科學技術研究與發展法》經第十五屆全國人民代表大會常務委員會特別一次會議通過。配合《科技研發法》的《刑法》修正案相繼出臺。委員長重申特別會議的立法符合《解釋》的規定，《科技研發法》的確立不可且不得被全國人大撤銷。

七、召吉巛控制下的全國人大常務委員由賢舉集團全程負責「出行保護」，無人能夠知曉他們身處何處，抑或所思所念。

# 酉時

## 《╳╳╳╳共和國科學技術研究與發展法》

（2029年1月1日第十五屆全國人民代表大會常務委員會特別一次會議通過）

### 第一章　總則

第一條　為了保護和促進人本的科學技術研究與發展，防止因科技的研發造成人性的削弱，根據憲法，制定本法。

第二條　本法所稱科學技術，是科學探索和技術創新的總稱，是促進個體與社會發展而使用的新的方法的總和。

本法所稱研究發展，是指針對科學技術新的方法的探究、升級與應用。

第三條　本法適用於××××共和國境內。

第四條　一切單位和個人都有進行人本的科技研發的義務。

地方各級人民政府應當對本行政區域的科技研發負責。

教育機構、科研院所、企業事業單位和其他生產經營者應當杜絕非人本的科技研發。

公民應當增強人本意識，自覺履行義務。

第五條　國家支持人本的科技研發，鼓勵人本科技研發產業發展。

第六條　地方各級人民政府應當加強人本科技研發的宣傳和普及工作，鼓勵開展群眾性的人本科技研發法律法規和人本科技研發知識的宣傳，營造人本科技研發的良好風氣。

科技研發和教育行政部門、教育機構和科研院所應當將人本科技研發知識納入學校教育內容，培養學生的人本科技研發意識。

新聞媒體應當開展人本科技研發法律法規和人本科技研發知識的宣傳，對科技研發違法行為進行輿論監督。

第七條　國務院科技研發主管部門，對全國科技研發工作實施統一監督管理；地方各級人民政府科技研發主管部門，對本行政區域科技研發工作實施統一監督管理。地方各級人民政府有關部門和軍隊科技研發部門，依照有關法律的規定對科技研發工作實施監督管理。

## 第二章　科研限制

第八條　絕對禁止任何單位和個人進行以下方面的科技研發：

（一）時間；

（二）思想意識；

（三）人類無性生殖；
（四）生物—機械嫁接耦合；
（五）具有自行判斷能力的機器；
（六）人造自然或有悖自然規律；
（七）獨立的資訊系統與資訊的反特徵化；
（八）其他有違人本的科技研發方向。

第九條　除中央國家機關外，絕對禁止任何單位和個人進行以下方面的科技研發：
（一）空間；
（二）武器裝備。

第十條　除經國務院科技研發主管部門批准外，絕對禁止任何單位和個人進行進行以下方面的科技研發：

（一）醫用的人體器官仿生材料；

（二）製造用的替代體力勞動的具有出於簡單計算的判斷能力的機器。

## 第三章　管理監督

第十一條　國務院科技研發主管部門制定國家科研標準。

地方各級人民政府對國家科研標準中未作規定的項目，可以制定地方科研標準；對國家科研標準中已作規定的項目，可以制定嚴於國家科研標準的地方科研標準。地方科研標準應當報國務院科技研發主管部門備案。

第十二條　國家建立、健全科技監督制度。國務院科技研發主管部門制定監督規範，會同有關部門組織監督網路，統一規劃國家科技監督站點的設置，建立監督數據共用機制，加強對科技監督的管理。監督機構應當使用符合國家標準的監督設備，遵守監督規範。監督機構及其負責人對監督數據的真實性和準確性負責。

第十三條　各級人民政府應當組織有關部門或者委託專業機構，對科技研發狀況進行調查、評價，建立科研監督預警機制。

第十四條　國家採取財政、稅收、價格、政府採購等方面的政策和措施，鼓勵和支持人本的科技產業的發展。

第十五條　教育機構、科研院所、企業事業單位和其他生產經營者為改善科技研發方向，依照有關規定轉產、關閉的，人民政府應當予以支持。

第十六條　教育機構、科研院所、企業事業單位和其他生產經營者違反法律法規規定進行非人本的科技研發，各級人民政府科技研發主管部門和其他負有科技研發監督管理職責的部門，可以查封、扣押、沒收、摧毀相關的設施、設備及其科技研發材料、資料。

第十七條　各級地方人民政府應當每年向本級人民代表大會或者人民代表大會常務委員會報告科技研發情況，對發生的重大科技研發事件應當及時向本級人民代表大會常務委員會報告，依法接受監督。

## 第四章　法律責任

第十八條　教育機構、科研院所、企業事業單位和其他生產經營者違法進行非人本的科技研發，各級地方人民政府科技研發主管部門可以責令停業、關閉。

第十九條　科研單位未依法提交科研項目評價文件或者評價文件未經批准，擅自開始科研的，由負有科技研發監督管理職責的部門責令停止，處以罰款。

第二十條　違反本法規定，進行非人本的科技研發不公開或者不如實公開科研情況的，由各級地方人民政府科技研發主管部門責令公開，處以罰款。

第二十一條　教育機構、科研院所、企業事業單位和其他生產經營者但凡有進行非人本的科技研發的意圖的，除依照有關法律法規規定予以處罰外，由各級地方人民政府科技研發主管部門或者其他有關部門將案件移送公安機關，對其直接負責的主管人員和其他直接責任人員，處十日以上十五日以下拘留。

第二十二條　因科技研發造成損害的，應當依照《××××共和國侵權責任法》的有關規定承擔侵權責任。

第二十三條　提起科技研發損害賠償訴訟的時效期間為五十年。

第二十四條　上級人民政府及其科技研發主管部門應當加強對下級人民政府及

其有關部門科技研發工作的監督。發現有關工作人員有違法行為，給予開除處分，其主要負責人應當引咎辭職。

第二十五條　違反本法規定，構成犯罪的，依法追究刑事責任。

## 第五章　附則

第二十六條　本法的修改，由全國人民代表大會常務委員會或者五分之一以上的全國人民代表大會代表提議，並由全國人民代表大會以全體代表的三分之二以上的多數通過。

第二十七條　無特殊說明的情況下，除《×××共和國憲法》外，任何法律、行政法規和地方性法規的制定與修改不得與本法相抵觸：（一）前者法與本法抵觸的，當依據本法規定進行相應修改作為補充。

（二）後者法與本法抵觸的，當視為無效、進行廢除或對應修改。

本法與已簽署的國際公約、政府間協議抵觸的，當遣外交使節與締約國或組織協商免責，協商不成的當退出並放棄身分。

第二十八條　本法自公布之日起施行，《×××共和國科學技術進步法》及其他相關法律法規與本法相悖的條文同時廢止。

## 戊正

全國人大常委會辦公廳於本日上午召開新聞發布會，辦公廳新聞局局長就十五屆全國人大常委會特別二次會議表決通過之事項答記者問。

本次發布會首先宣布，十五屆人大常委會特別二次會議依據我國《憲法》、《立法法》和《人民代表大會組織法》等有關法律條文的規定，鑒於國家主席怠忽職守，拒絕依照《憲法》第八十條的規定*履行相應職責，致使《科學技術研究與發展法》通過但未獲公布，嚴重損害我國法制建設，通過罷

*「××××共和國主席根據全國人民代表大會的決定和全國人民代表大會常務委員會的決定，公布法律，任免國務院總理、副總理、國務委員、各部部長、各委員會主任、審計長、祕書長，授予國家的勳章和榮譽稱號，發布特赦令，宣布進入緊急狀態，宣布戰爭狀態，發布動員令。」

免現任國家主席劉□□之決議。

本次會議同時依據《憲法》第八十四條*，考慮到國家副主席缺位，國家主席被罷免一情況，通過在補選前，由全國人大常委會委員長許誤代理共和國主席職位的決議。

據悉，《××××共和國科學技術研究與發展法》於2029年1月1日在第十五屆全國人民代表大會常務委員會特別一次會議被獲通過。

本次發布會媒體問答全文如下：

……

* 「×××共和國主席缺位的時候，由副主席繼任主席的職位。×××共和國副主席缺位的時候，由全國人民代表大會補選。×××共和國主席、副主席都缺位的時候，由全國人民代表大會補選；在補選以前，由全國人民代表大會常務委員會委員長暫時代理主席職位。」

## 亥時

信道的人，不可舍同教而以外教為盟友；誰犯此禁令，誰不得真主的保佑，除非你們對他們有所畏懼。真主使你們防備他自己，真主是最後的歸宿。

「本人召吉巜，以自己的良心、人格、健康與生命，鄭重作出以下誓言：本人從未信仰任何宗教；本人是，且長期是信仰馬克思主義之無神論者。宣誓人召吉巜。」

召吉巜在應邀參加就職儀式，佩戴著象徵平等教育計畫的2D8700色流蘇的ㄒㄋ聯合教育系統教師面前，在人們最後的流言蜚語面前放下右手，將左手挪開壓放在其下寫有「父母子女」字樣的紙張，於誓書上簽注自己的大名。

爾後，召吉巛走上腳踏板，站在宣誓法臺前，手撫《憲法》本，高聲道：「我宣誓：忠於╳╳╳╳共和國憲法，維護憲法權威，履行法定職責，忠於祖國，忠於人民，——」

到了此時此刻，你還在快速地回顧和梳理著召吉巛的過去，並為自己發現他根本沒有父母子女的事實而竊喜，但別人對他的誓言卻沒有半分懷疑，甚至感天謝地有如此一位體貼，不嫌勞苦消除人們不是顧慮的顧慮的人做他們的當權者：因為無論是從個體角度對他的信任、依賴或是從服講，還是從憲法第三十六條來說，進行良心宣誓的聖物就算不存在，光是召吉巛這三個字都能臣服每一寸土地的每一個人。當然，就這點來說，你依然還有著發現人們為了避免妄議中央嫌疑甚至連召的誓言都可不顧的小聰明的小聰明。

「——恪盡職守、廉潔奉公，接受人民監督，為建設富強、民主、文明、和諧、美麗的社會主義國家努力奮鬥！——」

劉主席考慮到變相獨立及針對他罷免的壓力，為了大局，暫且接受了召的提議，並在被罷免後的補選階段成功重新任職共和國主席；簽發了《科技研發法》，「授予」召吉巜ㄩ省省長的官職——這也正是ㄩ省人心之所向。召吉巜為了他更為遠大的目標，並且也真正因為政治試手的考慮而來到今天的就職儀式。

「——宣誓人，ㄩ省人民政府省長，召吉巜。」

現在，也只有讀者你在思考有沒有人知道召吉巜心中真正打的算盤——若是食肉者自不必說，但是我儕平頭百姓，卻不知羞恥，還沾沾自喜洋洋得意，切不知是裝大予何人看。

而此時，召吉巜腦海裡想著的無非是兩件事：

一件，是劉主席於2030年1月1日，在特第一號╳╳╳╳共和國主席令末尾，╳╳╳╳共和國主席的頭銜後，簽上了自己的大名，宣布《╳╳╳╳共和國科學技術研究與發展法》的頒布與實施；召對這條主席令的深刻，縱使是倒著背誦，也不會有一個標點符號的差錯。

至於第二件事——召吉巛不帶一絲懷疑地相信，就第二條誓詞，這絕不是他誦讀的唯一一次，因為他知道，他「理應成為一個偉人」。

# 正亥

這是一個長方形的空間，被塗蓋著純白色油漆的牆壁包圍著；在這天夜晚，透出紅黃色交融的光。它無比明亮，就好像在昭告天下，要把所有氣力都花在這裡，好彌補以後不再亮起的遺憾。

現實中害怕前行，

七年前，劉主席許以召ㄩ省省長之位置，後因他的政績實在太過漂亮，在沒有召的干預下，出於求穩和深化政改的考慮，政治局決定在省之上再添一級行政單位，分別是ㄏㄣ、ㄉㄣ、ㄏㄉ、ㄓㄋ、ㄒㄋ和ㄒㄣ政區。政區元首融合四大班子為一體，和國家元首一樣稱作主席。ㄒㄢ政區下轄ㄩ省、ㄔ省、ㄕ省、ㄍ省和ㄒ省，召吉ㄍ任政區主席。

由於彈劾的壓力，ㄒㄢ政區的法和治權力的改革，都按召之所想完成了。眼看著半壁江山就要被召改造得不倫不類，ㄒㄢ政區外的人們也呼聲四起，國家主席劉便同意舍小取大，宣布對召的「考核」結束，劃地予後者建設新的都市；召吉ㄍ也兌現了自己的諾言：辭去ㄒㄢ政區主席的職務，將賢舉集團的全部股份以一元的價格出售給國家。

只好在夢裡駐停；

《××××共和國科學技術研究與發展法》實施的第七年年末，許誤向人大遞交了他關於全國人大常委會委員長的辭呈，常委的全部召勢力代表也都上交了辭呈，《科技研發法》亦於2036年12月31日被宣布自次日起廢止。

自人性計畫實施以來，科技並沒有多大程度的提高，人們的生活也沒有發生巨大的改革，只有生產力的水準比七年前有了翻天覆地的變化：人們的物質更加豐富了，饑寒交迫的人們幾乎沒有了，人們從此能沒有畏懼地挺直身板了。

熠熠著循尋丟掉的勇氣，

波瀾以後，人們又一次被要求佩戴上共感機器。國家主席劉按下按鈕，幾乎在同一時間裡，所有人對七年間所發生的所有事，包括政區的設立、《科技研發法》的通過、國家主席的罷免、人大常委特別會議的記憶，都如同癡人所說，成為人們所共做的同一個夢，一個從未在現實發生過的事實：相關的記載與證據全部都被銷毀，國外的報導也被全局封鎖，一些宣傳和渲染這個超自然現象的意見領袖被公安機關依據《治安管理處罰條例》拘留。

不見的歸居，

平民百姓常常在茶餘飯後提起此事，他們一致同意是那些自以為是正人君子的公知們唯恐天下不亂，刻意拿此事——甚至是在他們的腦海中種下同一個夢的刻板印象——來表達自己對政府的不滿，對未來的癡想。人們嘲笑公知追求西方那一套所謂的民主，而就算他們仿佛能說的條條是道，但他們所表達的語言或文字，都不像是一個正要面臨社會變革當有的樣子，就好像是把錯誤的淵源歸咎於這個世界，還樂此不疲。

身處基層的人民不提社會的變革，並非是他們畏懼這灼人的光耀；他們明確地知道，根據現實情況，現在所作出的讓步與犧牲，對於他們後代所享受到的美好社會和生活，是絕對值得的。他們確信，沒有此時的沉默，人性的光輝就無法積累，它就無法在適宜時，在物質富餘時，在心滿意足時，在素質足夠時，在階級消滅時，去強烈而不顧一切地爆發——這不是懦弱的妥協，而是最為深刻的明智。

和那失落的人，

至此，共和國的生活平穩地回到了七年前。勤勞勇敢的人們不畏懼生活水準落後世界整整七年的現實，因為沒有什麼困難是他們不曾克服，不能克服的；尤其是在當他們眾志成城向著人類最偉大的理想——共產主義而奮鬥時，當他們團結在一起時。

以及遺憾的夢臆。

# 子時

## 新的輪回——《焉知之不》後記

天地萬物既成。七日上帝造物工竣，乃憩息；蓋是日上帝畢其工而安息，遂錫嘏此日，別之為聖。

上帝創天地萬物用了七日。

反每個人都能成為神的人性計畫實施了七年。

從《科技研發法》廢除至每個人遺忘，從所有物證被銷毀到共和國恢復原樣的完成直到是年的七月。

然後便是新的輪迴：建設新都市的人們聚集到ㄩ省ㄎ市的賢舉大廈，僅僅用了七天。

到此為止，召吉巛的故事裡不再有「七」的神話。

世界七秒七分七時又七天七月七年地不斷變幻，不停地訴說著自己的故事；但在那裡，子子孫孫地繁衍，日日夜夜地輪回，也不在乎旁人的冷嘲熱諷，是義無反顧地書寫和編造著屬於它自己的神話。

但沒有人知道，為什麼是怎樣和其他人一樣平凡的兩個個體，能夠孕育出最具時代意義且亙古不衰的思想和行動的孩子；就好像命中註定那擁有對人類最為珍貴貢獻的意識和作為的人。這樣的結果多久來一次，它了不起到如何，又將如何綻放，進而怎樣引領，和照亮這整個世界。

# 也

我愛底人，不知我愛他。
每當我因他底種種而失落時，
爲得不到他底愛而傷痛時，
他反倒來安慰和撫平：

他說，「愛可是場悲劇，
不能癡迷於幸福幻象裡。」
可就算光陰也棄，
仍甘願沉醉在迢遞底別離。

他說，「世上人不勝數，
何必為此一個煞費苦心。」
可我也依然樂意，
殆盡所擁有千辛萬苦之力。

他說，「別再揪心不已，
你善良、翩翩又帥氣……」
可為何你明瞭十分，
愛我底人卻不是你。

＊　＊　＊

我愛底人，不知我愛他。
每當我因得不到他底愛而失落時，
爲他底種種而傷慟時，
他也沒有絲毫底反應。

他底言語內充斥著孤寂，
腦海中徘徊著別人底身影。
讓我食亂寢醒魂牽夢縈；
與我底故事卻隻字不提。

他底步履間彰顯著憊疲，
心房裡藏掖著外者底氣息。
我底柔情蜜語尚不能及，
怎敢自語盟誓輕談不渝。

他底目光尚且泛著玓瓅，
要把世間底綺麗都吮吸進去；
在他面前張牙舞爪傾訴著悔意，
也從未鑽進他底視線裡。

＊　＊　＊

我愛底人，知曉我底愛，
卻不讓我將這詩篇續寫下去。
只因這是自大，是一廂情誼；
是最爲冷漠又無情底嫌棄與鋒利。

國家圖書館出版品預行編目資料

青／台方青 著. --初版. 一臺中市：白象文化，2018. 2
面； 公分 --
ISBN 978-986-358-589-3 （平裝）

857.7 106022036

# 青

作　　者　台方青
校　　對　台方青
專案主編　陳逸儒
出版經紀　吳適意、徐錦淳、陳逸儒、林榮威、林孟侃、黃麗穎
設計創意　張禮南、何佳諠
經銷推廣　李莉吟、莊博亞、劉育姍、李如玉
營運管理　張輝潭、林金郎、黃姿虹、曾千熏
發 行 人　張輝潭
出版發行　白象文化事業有限公司
402台中市南區美村路二段392號
出版、購書專線：（04）2265-2939
傳真：（04）2265-1171
印　　刷　基盛印刷工場
初版一刷　2018年2月
定　　價　300元